ANUNNAKI

Narrativa

253

© 2024 – Gilgamesh Edizioni
Via Giosuè Carducci, 37 – 46041 Asola (MN)
gilgameshedizioni@gmail.com – www.gilgameshedizioni.com
Tel. 0376/1586414

ISBN 978-88-6867-750-3

Questo romanzo è frutto di pura fantasia. Nomi, personaggi, avvenimenti e circostanze sono un effetto del reale, ma irreali nella loro illusione referenziale. Autentica è solo l'immaginazione dell'autore. Luoghi e date sono utilizzati secondo il criterio dell'artificio narrativo. Un'apparente rassomiglianza con fatti avvenuti o persone esistite o esistenti è fortuita e indipendente dalla realtà.

In copertina: Progetto grafico di Dario Bellini.

Christian Monti

DELITTI D'ARTE

Il secondo caso

dell'ispettore Baroni

A Ilario e Antonio

Come tutte le mattine, Esmeralda preparò il caffè per il "padrone", alla sua maniera, allungandolo un poco con acqua bollente e aggiungendo una zolletta di zucchero. Lui lo voleva così, all'americana, un retaggio rimastogli dagli anni vissuti fra Miami e Los Angeles.

Lo chiamava ancora *patrón*, anche se Girolamo Gualtieri, rinomato gallerista d'arte contemporanea, le aveva più volte chiesto di evitare quella parola, specie in pubblico o quando riceveva ospiti, ma non c'era verso. – *Claro que sí, ciertamente patrón* – era la sua abituale risposta.

Esmeralda era la cameriera messicana che aveva assunto durante il periodo trascorso a Los Angeles e quando era tornato in Italia l'aveva portata con sé. Lei non aveva nessuno, né figli né parenti stretti, e prendersi cura del suo *patrón* era diventato lo scopo della sua vita. Era stata Esmeralda a rianimarlo, quando una sera Gualtieri era crollato a terra per un infarto, e da quel giorno erano diventati inseparabili. Per oltre dieci anni si era presa cura di lui e viveva nello stesso appartamento: cucinava, teneva in ordine la casa e, soprattutto, si ritirava con discrezione quando lui riceveva i suoi amanti.

Quella mattina, prima di entrare, Esmeralda bussò due volte, come faceva sempre, e rimase in attesa. Non ci fu alcuna risposta e lei riprovò, questa volta annunciandosi. – Sono Esmeralda, *patrón*. La colazione!

Non era abitudine del signor Gualtieri non rispondere o farla aspettare. Esmeralda aggrottò la fronte e si accorse che la porta dello studio era socchiusa. Bussò di nuovo e aprì lentamente. Erano le sette e trenta del mattino e a quell'ora non c'era il rischio di sorprenderlo in situazioni imbarazzanti. Di sera non avrebbe mai varcato quella soglia senza il suo permesso, ma la mattina presto poteva tranquillamente farlo.

Quando entrò, non si rese subito conto della scena che le si presentava. Le tende erano chiuse e la semioscurità della stanza non consentiva di distinguere la sagoma dietro la scrivania. Pose il vassoio su un tavolino di mogano intarsiato collocato all'ingresso e si recò cautamente verso la grande vetrata che dava su piazza Sordello per scostare le tende. Uno squarcio di luce illuminò parte dello studio e, quando si voltò, Esmeralda rimase impietrita.

Seguì un urlo che svegliò l'intero palazzo.

La scena era raccapricciante. Gualtieri era seduto alla sua scrivania con la gola tagliata; lo studio era cosparso ovunque di schizzi di sangue. Ma non era solo quello che aveva inorridito Esmeralda. L'assassino gli aveva anche aperto gli occhi e inciso due profondi tagli sul viso, che dagli angoli della bocca salivano fino alle orecchie. Gli aveva anche stretto nella mano destra uno scopino da water. La mano era appoggiata sul petto e il cadavere lo reggeva come uno scettro.

Esmeralda era fuori di sé. Non smise di piangere e gridare aiuto fino all'arrivo della Polizia, allertata dai vicini.

I primi poliziotti accorsero a piedi pochi istanti dopo, la Questura distava solo settanta metri dal palazzo. La donna piangeva e urlava disperata e ci vollero diversi minuti per farsi aprire la porta di casa.

In un primo momento pensarono a uno stupro, ma quando Esmeralda li fece finalmente entrare capirono che doveva trattarsi di altro. La donna era troppo agitata per spiegare loro cosa era successo e continuò a piangere e indicare lo studio del suo datore di lavoro farfugliando parole come *matato* e *horrible*.

Il primo ad affacciarsi nella stanza fu l'agente scelto Tarantino, che pochi attimi dopo si ritirò e iniziò a vomitare di fronte alla porta. I colleghi che lo avevano seguito assistettero alla scena increduli, e solo dopo aver guardato nello studio capirono il motivo di quella reazione.

Dieci minuti dopo accorsero altri agenti e dirigenti della Questura, compreso il commissario capo Ardenti. La scena che si presentava era agghiacciante, somigliava al set di un film dell'orrore: il cadavere di Gualtieri li fissava con gli occhi sbarrati, lo scopino in mano e un ghigno terrificante. Il sangue zampillato e sgorgato dalla gola recisa copriva quasi tutta la scrivania, e aveva perso il suo naturale colore. Era quasi marrone: avendo reagito per diverse ore con l'ossigeno, la maggior parte dell'acqua nel sangue era evaporata.

La situazione era talmente surreale che molti poliziotti non si erano ancora resi conto di essere sulla scena di un crimine. Lo realizzò per primo Ardenti, che fece subito allontanare tutti. Si preoccupò anche dello stato di salute di Esmeralda e diede ordine di accompagnarla in ospedale.

Il commissario fece perquisire sommariamente l'appartamento e i pianerottoli del palazzo nell'eventualità che l'assassino o gli assassini si fossero nascosti, poi fece chiamare la Scientifica dall'ispettore

Lucibello. Era preoccupato: la calca di agenti che si era creata all'ingresso e all'interno dell'appartamento aveva sicuramente già cancellato o reso inutilizzabili molte tracce.

Ardenti era un poliziotto navigato, con anni di esperienza trascorsi nella Squadra omicidi a Reggio Calabria, ma non aveva mai visto nulla di simile, tantomeno in una città tranquilla come Mantova. Il commissario mise diversi agenti di guardia all'ingresso dell'appartamento e a quello del palazzo, poi chiamò il questore Orlando per informarlo di quanto accaduto. Lui rispose che li avrebbe raggiunti subito dopo il sopralluogo della Scientifica, insieme al magistrato di turno.

Ardenti scese le scale insieme all'ispettore Lucibello per attendere nell'androne l'arrivo della Scientifica. Si accese una sigaretta. Non sapeva cosa pensare. "Mai visto nulla di simile" ripeteva fra sé mentre metteva di nuovo a fuoco la spaventosa scena del delitto. Lucibello sembrava avergli letto nel pensiero e confermò: – Mai successa una cosa del genere qui a Mantova, nemmeno durante la guerra.

– Un delitto così efferato, con quella messinscena, è fuori da qualsiasi schema – commentò Ardenti pensieroso. Stava parlando con se stesso, ma Lucibello era convinto si fosse rivolto a lui. – Concordo, commissario.

Ardenti gli lanciò un'occhiata, poi tornò a pensare ad alta voce fissando la sigaretta. – Questa è opera di uno psicopatico, di uno messo davvero male. Non voglio credere che sia di Mantova. Deve essere venuto da fuori, per forza.

Di fronte al palazzo si era formata una folla di curiosi e di giornalisti, e diverse macchine munite di lampeggiante si stavano avvicinando. Era la Scientifica.

– Girolamo Gualtieri. Lo conoscevi? – chiese il commissario a Lucibello.

– Di fama... Un uomo molto benestante e ben inserito, non credo avesse precedenti. Era un noto gallerista d'arte, trattava soprattutto quadri. Aveva una prestigiosa galleria a Milano e una a Los Angeles. Era nativo di Pescara, ma la sua città elettiva era Mantova, dove viveva da diversi anni. Aveva trascorso un lungo periodo anche negli Stati Uniti, dove si era fatto un nome come commerciante d'arte contemporanea. È tornato in città qualche anno fa. Pare fosse gay e che non disdegnasse la cocaina.

I colleghi della Scientifica si stavano facendo strada fra la folla, e Ardenti ordinò all'ispettore di accompagnarli nell'appartamento. Il palazzo era in pieno centro storico, affacciato sulla piazza principale di Mantova, era naturale che ci fossero già tutti quei curiosi. Il commissario li osservò fugacemente mentre finiva la sua sigaretta. "Non sarà facile..." rifletté.

Pensando all'indagine che si stava profilando, realizzò che nel trambusto di colleghi che si era creato pochi minuti prima davanti all'appartamento di Gualtieri non aveva notato l'ispettore Baroni. Prese il cellulare e lo chiamò. – Baroni, dove sei?

"Il suo linguaggio compositivo non è mai lineare, mai scontato, sorprende piuttosto con lampi cromatici che attraversano lo spazio pittorico, diventando elementi di alto valore simbolico. Il processo che egli instaura con lo spettatore è fortemente sensoriale, un estro senza freni inibitori che accompagna l'occhio nel suo viaggio di ricostruzione di una forma significante, in un'esperienza percettiva che spazia fra virtuosismo stilistico e grande maestria compositiva. Nell'esplorare nuove vie nella pittura informale, Dusan Starkoievich..."

Il professor Pietro Vinciguerra rilesse l'ultima frase e la cancellò.

– No, non va bene. Troppo banale – commentò.

Rifletté qualche istante, mentre dava un'occhiata fuori dalla finestra del suo studio che si affacciava sul Ponte Vecchio. Quella vista lo ispirava e gli ricordava i tempi in cui lavorava per pochi spiccioli come ricercatore di Storia dell'arte all'università. Anche all'epoca aveva uno studio con vista su Ponte Vecchio, ma si trattava di un edificio pubblico. Ora, invece, si godeva quel panorama da un appartamento di sua proprietà in un prestigioso palazzo, e con la stesura di poche righe, tipo quelle che stava battendo al computer, guadagnava in una mattinata più di quanto lo pagava l'ateneo per un mese di lavoro. Tornò con la mente alla recensione che gli avevano commissionato. Rilesse l'ultima frase, poi riprese. "Nella sua ricerca negl'impervi territori della pittura informale, Dusan Starkoievich si affida alla forza e all'incisività dei colori, alla loro prepotenza materica. Le sue opere sprigionano pura energia e provocano nell'osservatore una sensazione quasi onirica. Autore emergente di assoluto spessore, ha sperimentato e sviluppato un percorso unico nel suo genere, segno di una maturità artistica che si sta imponendo fra quelle di maggior interesse nell'arte contemporanea."

Rilesse. Già molto meglio.

Stampò le due pagine per rivederle su carta, cosa che faceva abitualmente. Pensò soddisfatto alla fattura che avrebbe emesso da lì a poco, quando squillò il telefono.

– Ciao, Pietro. Sono Marco.

– Ehilà, Marco! Come stai? Non ti ho visto a Bologna la settimana scorsa.

– Ero a Berlino per un vernissage. Dovevo andarci per forza, è uno dei miei clienti più importanti. Piuttosto, hai saputo di Gualtieri?

– No, perché?

– Non hai letto i giornali oggi?

– Non ho ancora avuto tempo, avevo urgenza di finire in mattinata la recensione di un suo imbrattatele, inguardabile. Perché? Cos'è successo?

Marco indugiò prima di continuare. – È stato ammazzato, in casa... in modo orribile.

– Cosa?! – Pietro Vinciguerra si alzò dalla scrivania. Sperava di aver capito male, ma il suo conoscente ribadì prontamente il concetto.

– È stato ucciso nel suo studio. Gli hanno tagliato la gola.

Seguì un lungo silenzio. Non poteva essere uno scherzo.

– Ma è pazzesco... Sei sicuro?

– È su tutti i giornali.

– Chi può aver fatto una cosa del genere? Sanno chi è stato?

– Non lo so, non credo – rispose Marco. Poi aggiunse: – Be', sai anche tu che frequentava gente borderline...

– Certo, ma un omicidio... Incredibile!

– Guarda, sono sconvolto anch'io... Non se lo meritava. Comunque penso di andare al funerale, quando lo faranno. Se vuoi, passo a prenderti e ci andiamo insieme, da Firenze saranno massimo due ore e mezzo di macchina.

Marco Nobili era un gallerista fiorentino che lavorava frequentemente con Gualtieri. Non erano concorrenti, anzi, a volte i due si aiutavano. La notizia della sua morte fu uno shock non solo per lui, ma per tutti gli operatori del settore. Anche il professor Vinciguerra lavorava spesso per il gallerista di Milano, avevano buoni rapporti.

– Verrei volentieri, Marco, ma dopodomani parto per la fiera di Kassel. Quando è il funerale?

– Non si sa ancora, suppongo faranno l'autopsia. Anch'io farò un salto alla fiera, ma più avanti, per ora sono troppo preso. Mi hanno detto che terranno aperta la galleria di Milano per chi volesse fare le condoglianze alla sorella. Comunque ti aggiorno sulla data del funerale.

I due si salutarono e Vinciguerra si risedette attonito. Conosceva Gualtieri da una ventina d'anni e aveva collaborato con lui sin dai suoi esordi nel mercato dell'arte. Lo aveva anche sentito per motivi di lavoro recentemente, non più di due settimane prima, e gli era parso sereno come sempre. Non erano amici, ma buoni conoscenti sì. Gli affari gli andavano bene e alcuni artisti della sua scuderia stavano avendo un buon successo, anche grazie alle sue recensioni. Quella a cui stava lavorando gli era stata commissionata proprio dal gallerista milanese.

"Che brutta fine" pensò.

Si versò due dita di Glenfiddich Single Malt Scotch Whisky e ci bevve sopra. Poi tornò alla scrivania per rileggere la recensione e preparare la fattura.

L'ispettore Franco Baroni e la sua compagna osservavano incantati i Faraglioni. Avevano pranzato in un ristorante caratteristico nella Piazzetta per poi passeggiare per oltre un'ora per i vicoli del centro e via Tragara, una romantica stradina panoramica avvolta da fiori, piante tropicali, palme e cipressi, in cui si trovano alcune fra le più belle ville storiche di Capri e che termina con uno spettacolare belvedere affacciato allo strapiombo. Si erano seduti su una delle panchine della terrazza e osservavano il panorama mano nella mano.

Quella breve vacanza a Capri era un regalo che Baroni aveva fatto ad Anna: stavano insieme da esattamente un anno e lei aveva appena finito il suo primo ciclo di terapie.

L'ispettore aveva letto che quello al fegato è un tumore ad alta mortalità: il tasso di sopravvivenza a cinque anni per tutti gli stadi è solo del quindici per cento, significa che solo un'esigua percentuale di persone colpite da quella malattia sopravvive in media più di cinque anni. Anna aveva comunque buone speranze di cavarsela. Il tumore le era stato diagnosticato in uno stadio precoce e i medici erano ottimisti, grazie a una nuova ed efficace terapia da poco disponibile anche in Italia.

Anna era felicissima, quella vacanza era il più bel regalo che Franco potesse farle. Era la loro prima vacanza insieme. Sei giorni a Capri, loro due soli. Avrebbero anche seguito un breve corso di cucina, cinque sedute mattutine, per imparare a cucinare i piatti tipici capresi.

La telefonata interruppe quel romantico frangente. Baroni guardò il display: era il commissario Ardenti, il suo capo. Si svincolò dall'abbraccio e accettò la chiamata.

– Baroni, dove sei?

– Buongiorno, commissario. Sono in ferie, a Capri. Non ricorda?

Ardenti rammentò di colpo che era stato proprio lui ad autorizzarle. – Scusami, Franco. Hai ragione, sono un po' confuso. Sei in ferie...

– Aveva bisogno? È successo qualcosa?

Il commissario era in dubbio se parlarne, conosceva il motivo per cui Baroni si era preso quella settimana di vacanza e non voleva rovinargliela.

– Be', in un certo senso... sì, è successo qualcosa. Lo leggerai comunque domani sui giornali. Ma non voglio nemmeno tenerti sulle spine, Franco: c'è stato un omicidio, in un palazzo proprio accanto alla Questura, in piazza Sordello. Un omicidio veramente spaventoso...

L'ispettore guardò Anna, lo stupore per quella notizia gli cambiò l'espressione del viso.

– Franco, non ti chiedo di rientrare – lo rassicurò il commissario. – Dimmi solo per quando avevi in programma di tornare, così posso organizzarmi.

– Fra tre giorni, commissario...

In un contesto diverso Baroni sarebbe partito subito, ma le sue priorità ormai erano altre. Prima di tutto, anche del lavoro, stava Anna, e questo Ardenti lo sapeva. Glielo aveva spiegato mesi addietro, facendo cenno alla malattia della sua compagna, e il commissario aveva capito.

L'ispettore dovette fare un enorme sforzo per non chiedere ulteriori particolari relativi al delitto.

– Va bene, Franco, goditi questi giorni di ferie con Anna. Salutamela, spero stia bene.

– Certo, sì, sta bene e ricambia il saluto. Ci vediamo venerdì mattina, capo.

Il commissario terminò la telefonata e risalì le scale del palazzo per raggiungere gli agenti della Scientifica. "Tre giorni..." pensò.

Anna guardò Baroni preoccupata. Aveva capito dalla sua espressione che doveva essere successo qualcosa di grave, ma rimase in attesa che gliene parlasse. Lui ripose il cellulare in tasca e la abbracciò. – Era il commissario Ardenti. Non si ricordava che sono in ferie...

Accennò un sorriso per tranquillizzarla, ma lei non abboccò e continuò a fissarlo in attesa di una spiegazione più completa.

– C'è stato un delitto in città, ma ha detto di non preoccuparmi e di godermi le ferie. – Le diede un bacio sulla nuca e aggiunse: – Possono tranquillamente fare anche senza di me per qualche giorno. Non ci faremo rovinare questa vacanza, amore.

Anna annuì, aveva capito qual era il dilemma del suo compagno, ma condivideva la sua decisione, non per egoismo.

Si strinse a lui, voleva assicurarsi che stesse bene. – Franco, sei felice?

– Quando sto con te sempre, Anna. Sei la mia fonte di felicità.

Entrambi sorrisero e rimasero abbracciati senza più dire una parola.

– Dobbiamo subito recuperare le registrazioni di tutte le telecamere nel raggio di trecento metri – ordinò il commissario all'ispettore Lucibello con tono perentorio. – Chiunque sia l'assassino, deve essere stato ripreso da qualche telecamera. Siamo in piena zona pedonale!

Ardenti era nervoso e, come sempre in quei casi, girava per l'ufficio impugnando il tagliacarte come se fosse un pugnale. L'assenza di Baroni non ci voleva, era il migliore investigatore della Mobile e doversi affidare, anche solo temporaneamente, a un neoispettore senza esperienza come Lucibello lo irritava parecchio. Il ragazzo doveva ancora farsi le ossa. Per un'indagine come quella aveva bisogno di Baroni.

– L'assassino, o gli assassini, devono essere arrivati per forza a piedi fino al palazzo e aver parcheggiato la vettura o la moto da qualche parte fuori dalla zona pedonale. Se siamo fortunati riusciamo a individuarli e a leggere la targa.

– Sempreché non sia stato un condomino – intervenne il giovane ispettore, convinto di fare un'osservazione particolarmente acuta. – O qualcuno che abita nel centro storico e che non aveva bisogno di arrivare motorizzato.

– No, la prima ipotesi possiamo escluderla – rispose sconsolato Ardenti, prendendo posto alla scrivania. – Al primo piano c'è uno studio legale che era chiuso, al secondo abita una coppia di persone anziane, due ultraottantenni mezzi sordi, e un dirigente dell'Enel sposato con figli. È stata sua moglie a sentire le urla della governante e a chiamare il 113; suo marito è all'estero. No, l'autore o gli autori sono venuti da fuori e devono essere entrati e usciti dal portone principale per forza, non ci sono altri ingressi. Era chiuso e qualcuno deve averli fatti entrare, probabilmente la stessa vittima. Sì, in teoria – concedette il commissario – potrebbe essere stato qualcuno che abita in centro e che non si è dovuto spostare in macchina, ma non credo; questa è roba da psicopatici, e non ne abbiamo in città. Dovremmo saperlo... almeno spero. Verifichiamo prima le registrazioni e poi ci aggiorniamo. Vai ora, recupera quei nastri.

Lucibello si congedò e il commissario si organizzò per informare il sostituto procuratore Morello. Erano passate solo poche ore dalla scoperta del delitto, ma in qualità di capo della Squadra mobile aveva già avviato i provvedimenti investigativi più urgenti. Sapeva che quella prima riunione in Procura sarebbe stata interlocutoria: mancavano i rilievi della Scientifica, l'autopsia, le riprese delle telecamere ed eventuali testimonianze non ancora verbalizzate.

Inserì in un fascicolo le informazioni sommarie raccolte sulla vittima, comprese le voci sulla sua omosessualità e sul consumo di cocaina. Aggiunse la testimonianza della governante messicana, anche se non sarebbe stata di alcuna utilità. La rilesse velocemente per assicurarsene. Il sunto della sua dichiarazione fu che la sera prima del ritrovamento del cadavere era andata a letto di buon'ora, verso le nove e mezzo. Si era ritirata nella propria stanza dopo aver augurato la buona notte al suo *patrón*. Fu l'ultima volta che lo vide vivo: lui stava nello studio, seduto alla scrivania, intento a leggere. La mattina dopo, alle sette e mezzo, scoprì il cadavere così come lo avevano trovato gli agenti. Gualtieri aveva passato tutta la giornata in casa, in vestaglia, come spesso faceva, e non attendeva ospiti per quella sera, per quanto lei ne sapesse. Non aveva sentito nulla di anomalo durante la notte e la mattina non aveva toccato niente in quella stanza, se non le tende, che aveva trovato chiuse.

Stando alla signora Esmeralda, Gualtieri non aveva nemici, era una persona perbene, tranquilla, sempre gentile con tutti, e non lo aveva mai visto consumare droga. Durante la settimana lui si recava almeno una volta a Milano per lavoro e pernottava in un albergo del centro. Le sue frequentazioni non le erano note: a volte riceveva ospiti la sera tardi, quasi sempre artisti o amici galleristi. Non li conosceva per nome e nella maggior parte dei casi lui la congedava prima che arrivassero.

Ardenti sottolineò l'ultima frase della dichiarazione e infilò il foglio nel fascicolo. Si alzò dalla scrivania e si avviò verso l'uscita, poi ci ripensò. Aveva notato dalla finestra un folto gruppo di giornalisti che sostava davanti alla Questura: non aveva voglia di perdere tempo con loro. Alzò la cornetta e chiamò la vicecommissaria Fargiulli.

– Buongiorno, dottoressa. Informi per cortesia i giornalisti qui sotto che non abbiamo dichiarazioni da fare e che rilasceremo un comunicato nel tardo pomeriggio.

Ardenti era particolarmente teso. Gli era tornata in mente la scena del delitto. L'efferatezza e la messinscena di quell'omicidio avevano qualcosa di disumano, di perverso che lo tormentava. Ebbe la netta sensazione – o forse era il suo istinto che lo stava

mettendo in guardia – di dare la caccia a una specie
di mostro pericoloso.

Aprì un cassetto della scrivania, controllò che la
sua Beretta d'ordinanza fosse carica, la infilò nella
fondina e se l'agganciò alla cintura dei pantaloni.
Erano anni che non girava armato.

Il sostituto procuratore Morello lesse la testimonianza della governante e la rimise sulla scrivania. Aveva ispezionato la scena del delitto insieme al commissario e al questore la mattina stessa e concordava con quest'ultimo: l'autore doveva essere uno psicopatico e molto probabilmente era venuto da fuori città.

– Ciò che colpisce in questo delitto e che lo rende così anomalo sono due particolari: lo scopino da water che l'assassino ha messo in mano a Gualtieri e quell'orribile mutilazione alla bocca – osservò il magistrato rivolgendosi al commissario.

– È un *Glasgow smile*.

– Prego?

– Si tratta del cosiddetto "sorriso di Glasgow" – spiegò Ardenti, che aveva fatto una breve ricerca su internet. – È un'orrenda pratica inventata verso la fine dell'Ottocento dalle gang di Glasgow, in Scozia, per punire sgarri o rivali. I due tagli agli angoli della bocca procurano una sofferenza atroce, e la vittima, urlando dal dolore, peggiora involontariamente la ferita: aprendo la bocca i tagli si allargano e deturpano il viso per il resto della vita. Negli anni Settanta a Londra questa mutilazione è tornata di moda fra gli ultrà della squadra di calcio del Chelsea, che punivano così gli avversari durante i loro raid.

– Pazzesco...

– Presumo che l'assassino abbia inferto quei tagli a Gualtieri quando lui era già morto, altrimenti le urla avrebbero svegliato la governante.

– Ma quale sarebbe il senso di una simile mutilazione? Si è fatto già un'idea?

– Non ancora, dottore. Punizione, umiliazione, vendetta... È troppo presto per fare valutazioni. Lo stesso vale per lo scopino da water. Di sicuro nella mente dell'assassino doveva avere un significato ben preciso, ma ancora non lo conosciamo.

– Lo scopino era della toilette della vittima, oppure lo aveva portato l'assassino?

– Lo aveva portato lui, o loro. Per questo immagino che debba avere un senso, che sia un messaggio, per quanto folle possa essere.

Il sostituto procuratore scosse la testa e fissò il commissario. – Abbiamo a che fare con un pazzo psicopatico... uno che magari conduce un'insospettabile vita da tranquillo impiegato e che la vittima sicuramente conosceva.

– Sì, si conoscevano di sicuro, altrimenti non lo avrebbe fatto entrare in casa la sera. Magari avevano un appuntamento.

– A che punto siamo con le sue frequentazioni? Avete già qualche nome? Amicizie particolari, nemici? Amanti, pusher, strozzini? – chiese Morello.

– Non ancora. Era single, senza figli, e la governante non è di grande aiuto, come ha potuto constatare dalla sua dichiarazione. Dobbiamo partire da zero, lavorare sulle sue rubriche, sul cellulare, sui tabulati telefonici e interrogare i suoi collaboratori a Milano.

– Quando saranno disponibili le registrazioni delle telecamere?

– Spero entro domani. Anche il rapporto della Scientifica dovremmo averlo entro domani. Per l'autopsia, invece, temo che dovremo aspettare ancora qualche giorno.

– Capisco. Va bene, aggiorniamoci domani. Sa

cosa deve fare. Mi faccia sapere quando avrà visionato le riprese delle telecamere. Questa indagine ha priorità assoluta su tutto, siamo d'accordo?

– Certamente.

Il magistrato fece una breve pausa. – L'ispettore Baroni partecipa all'indagine, giusto?

– Sì, certo, ma tornerà dalle ferie solo fra tre giorni.

Ardenti notò lo sguardo perplesso di Morello e aggiunse subito: – L'ho autorizzato io... Non potevo fare altrimenti... Un motivo personale molto importante, un impegno inderogabile.

– Capisco. E chi altro sta lavorando al caso?

– L'ispettore Lucibello, ma sto mettendo insieme una squadra dedicata, avrà i nomi entro domani.

– Va bene, commissario. Aggiorniamoci domani, allora.

Il commissario si congedò e si rimproverò per non averci pensato prima. In effetti un caso simile non si era mai verificato prima a Mantova, non potevano trattarlo come un'indagine di routine, doveva mettere in piedi una squadra dedicata. Il questore sarebbe stato sicuramente d'accordo. Uscendo dalla Procura chiamò l'assistente capo Di Maggio.

– Sono Ardenti. Non prenderti ferie per le prossime settimane e tieniti libero da altri impegni. Tu e Calderoni farete parte della squadra che investigherà sull'omicidio di Gualtieri. Di' all'ispettore capo di chiamarmi che glielo spiego io.

– Agli ordini, commissario. Avverto io Calderoni e l'ispettore capo. Dobbiamo fare qualcosa nel frattempo?

– No, è sufficiente che domani mattina vi presentiate tutti da me alle nove.

– Perfetto. A domani, commissario.

Dusan Starkoievich amava dipingere, lo faceva sin da piccolo. Suo padre aveva sempre cercato di coinvolgerlo nell'azienda di famiglia, specializzata nella raccolta e vendita di rottami ferrosi a Pančevo, un desolato sobborgo di Belgrado, ma Dusan si era sempre rifiutato e aveva preteso di seguire la sua passione.

A diciott'anni il disaccordo con il padre lo spinse ad abbandonare casa e trasferirsi all'estero, a Los Angeles, negli Stati Uniti, dove viveva la sorella.

Sognava di potersi mantenere dipingendo e vendendo i suoi quadri, ma dovette presto fare i conti con la realtà: in un anno non riuscì a piazzarne nemmeno uno. Dusan era consapevole di non avere un talento particolare, ma era convinto che nel mondo dell'arte contemporanea ci fosse un posticino anche per lui, una nicchia che gli permettesse perlomeno di sopravvivere con il suo lavoro. Quella convinzione svanì presto, come i soldi che aveva portato con sé.

La sua vita cambiò in un pomeriggio d'autunno, in un sauna-club per soli uomini, poche settimane prima che prendesse il volo di ritorno per Belgrado. Là incontrò Girolamo Gualtieri e fu intesa a prima vista.

Divennero amanti, nonostante la differenza di età. Convissero per diversi mesi, e Girolamo si prese cura di lui. Gli fece prolungare il visto, frequentare un corso di pittura creativa e lo introdusse negli ambienti giusti di Los Angeles. Per suggellare la loro unione si erano anche fatti un tatuaggio identico sulla spalla: un fiore, il Myosotis, meglio conosciuto come non ti scordar di me.

Dusan imparò presto quanto contassero le relazioni nell'ambiente artistico: feste private, ricevimenti e cene nei country club, inaugurazioni, happy hour nei locali di tendenza. Erano gli eventi in cui si incontravano i personaggi che spesso decidevano le sorti di un artista: galleristi, collezionisti, critici d'arte, giornalisti, direttori di museo, curatori di grandi manifestazioni culturali. Farsi accettare in quegli ambienti equivaleva ad avere in tasca un lasciapassare per entrare nel magico mondo dell'arte contemporanea.

Pochi mesi dopo il loro incontro, Girolamo gli organizzò la prima mostra personale nella sua galleria americana e fu un successo. Diversi critici acclamarono il suo stile dando interpretazioni e significati alle sue opere che Dusan nemmeno immaginava. Non capiva nulla di ciò che quei critici vedevano nei suoi quadri, il loro linguaggio gli pareva intellettualoide, pseudofilosofico, del tutto incomprensibile. Ma poco importava, non sarebbe stato certo lui a smentirli: per Dusan stava realizzandosi un sogno.

Solo anni dopo avrebbe capito che, in realtà, quello era stato un successo del suo mentore. Grazie alla sua influenza e alle sue conoscenze, Gualtieri era riuscito a promuoverlo ad artista di una certa fama. A quella, infatti, seguirono altre mostre, e i suoi quadri si vendevano facilmente. A quel punto Gualtieri gli fece firmare un contratto con la sua galleria: pattuivano l'esclusiva per la commercializzazione delle opere e l'obbligo di produrre almeno dieci nuovi quadri ogni mese per la galleria. In compenso, la società di Gualtieri garantiva a Dusan il versamento di un assegno mensile di cinquemila dollari.

– La galleria ha dovuto sostenere grosse spese, Dusan, e non è ancora finita – gli spiegò paternamente Girolamo. – Per la nuova mostra stamperemo anche un catalogo su carta patinata. Sei all'inizio, la strada è lunga e tutta in salita, bisognerà ancora investire molto su di te. Considera i prossimi cinque anni come una gavetta, un investimento... Non pensare ai soldi per ora.

Dusan acconsentì. Gli doveva tutto, e cinquemila dollari al mese gli sembrarono comunque una cifra più che dignitosa, considerando da dove era partito. Che il suo mentore stesse vendendo i suoi quadri a sette-ottomila dollari ciascuno non gli sembrò strano, considerando i costi e le spese che Girolamo stava sostenendo per la sua carriera artistica.

L'anno successivo il suo benefattore tornò in Italia, definitivamente, come diceva lui, portandosi dietro la governante messicana. Le due gallerie, quella di Los Angeles e quella di Milano, continuavano a essere gestite dai soci di minoranza, mentre lui intendeva ritirarsi nella sua Mantova. Aveva ormai superato i cinquant'anni e voleva iniziare a godersi la vita, chiaramente senza trascurare gli affari. Nulla poteva far presagire che proprio nella sua amata città sarebbe andato incontro a una morte tanto atroce.

Pochi mesi dopo anche Dusan rientrò nella sua città natale, a Pančevo. Doveva onorare il suo impegno ancora per tre anni con Gualtieri, il quale aveva cominciato a promuovere le sue opere anche nella galleria milanese con lo stesso collaudato sistema di sempre. Rimasero buoni amici, ma si sentivano sempre più di rado e la distanza li separò anche sentimentalmente.

"Fra tre anni potrò finalmente vendere le mie

opere per conto mio" pensò Dusan, dipingendo sconsolato la sua ennesima tela per la Galleria Gualtieri. Lo faceva pregustando la pioggia di denaro che si sarebbe riversata sul suo conto una volta liberatosi da quel contratto. Non poteva immaginare che le cose sarebbero andate molto diversamente.

L'ispettore Lucibello e gli assistenti capo Calderoni e Di Maggio stavano in piedi di fronte alla scrivania del commissario in attesa di istruzioni.

Ardenti li osservò. Provenivano tutti e tre da Roma, ma non potevano essere più diversi fra loro. Da una parte Calderoni e Di Maggio: alti, robusti, palestrati, barba incolta e sguardo da duri. Ambedue avevano già servito come paracadutisti nella Folgore. Di lato, Dario Lucibello: corporatura esile, sbarbato, un viso dolce e un'aria servizievole, da commesso di boutique. In Questura si era guadagnato la fama di scansafatiche, raccomandato per giunta, ma Ardenti sapeva come gestirlo e, tutto sommato, faceva onestamente il suo lavoro.

– Bene, ci siamo tutti... manca solo Baroni. Si unirà a noi fra due giorni – cominciò il commissario. – Cosa abbiamo, per ora?

Lucibello alzò la mano tenendo fra le dita una chiavetta USB. – Abbiamo le riprese delle telecamere, quasi tutte, ma credo possano bastare. Sono diciotto.

– Le hai già visionate?

– Sì. Non è stato difficile. Lunedì sera è entrata una sola persona in quello stabile, alle ventidue e undici, ed è uscita circa quindici minuti dopo.

L'ispettore porse la chiavetta al suo capo, che la inserì subito nel computer. Dopo alcuni istanti comparvero i file delle registrazioni video, e Lucibello gli indicò quelle da visionare.

– Guardi questo, è la telecamera che sorveglia l'ingresso della Diocesi. Se lo fa scorrere fino alle ventidue e undici vedrà il sospettato che entra nel palazzo di Gualtieri.

Ardenti seguì le istruzioni e a un certo punto interruppe il filmato: si vedeva una persona di media statura fermarsi davanti all'ingresso, suonare il citofono e attendere qualche secondo prima di varcare il portone.

– Lo stesso soggetto esce dal palazzo alle ventidue e ventisei minuti. Nessun altro è entrato o uscito da quel portone. Deve essere lui – aggiunse soddisfatto Lucibello.

Si erano tutti spostati alle spalle del commissario e fissavano il fotogramma a colori che immortalava il presunto assassino. La risoluzione era scarsa, ma si distingueva chiaramente il sospettato. Di corporatura media, portava in spalla uno zainetto e indossava una felpa scura con il cappuccio alzato e una mascherina chirurgica.

Ardenti sollevò lo sguardo e si rivolse all'ispettore. – Sei riuscito anche a vedere da dove arrivava e dove è andato dopo l'omicidio?

– Sì, ma stranamente pare che abbia seguito due percorsi diversi. È arrivato da via Broletto, ma quando lascia il palazzo sembra che si diriga verso la stazione. Ci sono due telecamere che l'hanno ripreso, prima in via Cavour e poi di nuovo in via Ippolito Nievo. Poi più niente.

Il commissario ingrandì il fotogramma, ma l'immagine divenne sempre più sgranata. – Non è molto, ma almeno conosciamo l'ora del delitto e sappiamo che l'assassino ha agito da solo.

– E che la vittima lo conosceva – aggiunse Lucibello.

Ardenti annuì. – E che aveva molto probabilmente un appuntamento con Gualtieri, di cui la governante non era conoscenza... – aggiunse pensieroso. – L'assassino non può essersi dissolto nel nulla. Hai verificato le telecamere della stazione ferroviaria?

– Certamente, tutte le riprese fino alle nove del mattino successivo.

– Potrebbe essere salito in macchina ed essere uscito dalla città – intervenne Di Maggio. – Il treno possiamo escluderlo. Il primo disponibile partiva alle quattro e quarantasei del mattino. Non credo abbia voluto vagare per la stazione per così tanto tempo.

– Giusto – commentò Ardenti.

– Tu e Calderoni recuperate le registrazioni delle telecamere situate nei paraggi – il commissario indicò la zona attraversata da via Ippolito Nievo, – e verificate tutte le targhe delle macchine che sono uscite dal quartiere nelle sei ore successive, comprese quelle passate al casello dell'autostrada.

– Mi permetta, commissario – intervenne Lucibello. – Lunedì sera c'era lo spettacolo di Abbiati e Solenghi al Teatro Sociale. È proprio in quella zona. Ci sarà stato sicuramente un pienone e l'orario deve essere stato proprio quello: è iniziato alle ventuno e deve essere terminato intorno alle ventidue e trenta o poco dopo.

Ardenti lo guardò sorpreso e fece mente locale. – Cavolo... hai ragione. Saranno venuti da tutta la provincia, anche da fuori, per vedere quei due. Chissà che casino a fine spettacolo – commentò, sconsolato. – Non può essere una coincidenza. L'assassino l'aveva sicuramente previsto...

Nella stanza calò il silenzio.

– Be', controlliamo lo stesso tutte le targhe. Pure i pernottamenti in alberghi, ostelli e pensioni. Non possiamo lasciare nulla di intentato per prendere quel bastardo! Siamo d'accordo su questo?!

– Certo, commissario capo! – risposero in coro i tre poliziotti.

– Tu, invece – Ardenti si rivolse all'ispettore, – prova a risentire la governante. Falle vedere questo fotogramma, magari lo riconosce o le ricorda qualcosa. A proposito, quando saranno disponibili cellulare, tabulati telefonici e movimenti bancari?

– Penso già per oggi pomeriggio. Gualtieri non aveva telefono fisso e il cellulare è ancora alla Scientifica. È di ultima generazione, ma dovrebbero riuscire a sbloccarlo. Per i movimenti bancari temo che dovremo attendere ancora qualche giorno.

– Bene. Al lavoro. Ci aggiorniamo domani mattina.

Ardenti congedò la squadra. Era convinto di aver fatto qualche passo avanti nell'indagine, ma non era così.

Firenze

Il professor Vinciguerra si stava preparando per il viaggio in Germania. Si sarebbe fermato a Kassel solo per tre giorni, ma riempì la sua valigia extralarge come se dovesse stare via almeno una settimana: quattro dei suoi abiti migliori, sei camicie, tre paia di scarpe e dieci cravatte.

La Documenta, una delle rassegne internazionali d'arte contemporanea più importanti al mondo, si svolgeva a Kassel ogni cinque anni e avrebbe aperto al pubblico da lì a qualche giorno, ma i galleristi, i collezionisti e i critici d'arte più influenti sarebbero tutti arrivati come sempre in anticipo, per vedere in anteprima le opere e partecipare ai numerosi ricevimenti organizzati dagli espositori.

L'appuntamento che gli aveva chiesto uno studio legale di Lubiana il pomeriggio precedente era una seccatura imprevista. Il suo aereo sarebbe partito da Bologna alle quattordici e quindici, e il professore non avrebbe avuto molto tempo da dedicare loro, ma il motivo della visita lo interessava parecchio: periziare e stimare un'importante collezione di quadri lasciata in eredità da un facoltoso industriale di Gorizia. I figli vivevano in Slovenia e avevano già una causa in corso relativa alle quote ereditarie, così gli aveva spiegato l'avvocatessa che lo aveva contattato dalla capitale slovena. Prima di spartirsi la collezione dei dipinti lasciati dal padre volevano avere un'idea del suo valore, sia complessivo sia delle singole opere.

– Il suo nome me l'aveva proposto il signor Gualtieri due giorni prima della tragica scomparsa, pace all'anima sua – aggiunse l'avvocatessa. – Mi aveva assicurato che lei è il professionista giusto per questo genere di perizie.

– Ma certamente, lo faccio con piacere.

– L'unica cortesia che mi permetto di chiederle, professore, è di farci avere la perizia in tempi brevi, massimo due settimane. È già stata fissata un'udienza in tribunale e abbiamo una certa fretta nel dirimere la questione prima che inizi il processo.

Lo studio avrebbe mandato un suo incaricato la mattina seguente con tutta la documentazione e le spiegazioni del caso.

Per Vinciguerra si trattava di un incarico redditizio che gli avrebbe portato via poco tempo. Le diede quindi appuntamento per la mattina successiva alle nove, con l'intenzione di liberarsene in meno di mezz'ora.

Il giorno seguente, puntualmente, squillò il citofono. Il professore azionò l'apertura del portone e pose la valigia in camera da letto. Poi aprì la porta di casa per accogliere l'assistente dell'avvocatessa. – Buongiorno. Prego, si accomodi.

Fece accomodare l'ospite su una delle poltrone Chesterfield dello studio. Il parquet di noce scuro tirato a lucido rendeva l'ambiente caldo e accogliente. Le pareti erano tutte occupate da librerie stracolme di enciclopedie e testi di storia dell'arte, la maggior parte in lingua straniera. Molti altri libri e riviste erano impilati in modo sparso negli angoli della stanza e sulla scrivania, in un apparente disordine sapientemente predisposto dal professore. Ci teneva a dare ai visitatori l'impressione dell'intellettuale distratto, troppo preso dagli studi per potersi anche occupare di quel sottosopra.

– Posso offrirle qualcosa da bere? Un succo? Un caffè?

L'assistente accettò volentieri, e Vinciguerra andò in cucina per prendere due succhi d'arancia. Era di buon umore. Avrebbe esordito con le sue solite disquisizioni filosofiche sull'arte contemporanea e preso in carico la documentazione da periziare. Era in dubbio se accennare anche ai costi della sua consulenza, ma poi decise che fosse meglio di no. Si trattava di uno studio legale e di una vertenza fra eredi che dovevano dividersi una ricca torta. Perché porsi dei limiti?

Non vedeva l'ora di partire. In meno di mezz'ora si sarebbe liberato da quell'appuntamento dell'ultimo minuto per poi salire su un taxi che l'avrebbe portato all'aeroporto. A Kassel non si sarebbe solo aggiornato sulle nuove tendenze artistiche che stavano emergendo oltreoceano ma, soprattutto, avrebbe incontrato il gotha dell'arte contemporanea e riallacciato vecchie amicizie.

Tornò in studio con i due bicchieri. Con sua grande sorpresa constatò che la poltrona era vuota.

Rimase attonito. In quel preciso momento avvertì una presenza alle sue spalle e realizzò di essere in pericolo. Si voltò lentamente, e in una frazione di secondo si rese altresì conto che il volto dell'ospite gli era familiare, ma non fece in tempo a reagire. Una nube di gas fuoriuscita da uno spray narcotizzante lo investì e in pochi secondi lo paralizzò. Il professore rimase in piedi ammutolito, poi le gambe cedettero e crollò a terra privo di sensi.

L'ospite non assistette al suo collasso, ma si rifugiò in cucina per non respirare il gas e vi rimase per qualche istante.

Quando tornò nello studio, aprì le finestre per arieggiare la stanza. Quindi trascinò il corpo sulla poltrona. Si assicurò che nessun altro fosse in casa e poi, con calma, appoggiò lo zainetto sulla scrivania e lo aprì.

Nei due giorni successivi Ardenti e la sua squadra vagliarono registrazioni video, tabulati telefonici, movimenti bancari, posta elettronica, ma non emerse nulla di interessante ai fini dell'indagine. Gualtieri non teneva nemmeno un'agenda per gli appuntamenti.

Anche i dipendenti e i soci della sua galleria milanese, sentiti da Calderoni e Di Maggio, non furono di grande aiuto. Stando a loro, Gualtieri non aveva nemici ed era stimato da tutti, appariva sempre sereno e di buon umore. La sua vita sembrava trasparente e immacolata: nessun rapporto conflittuale, nessun affare illecito, nessuna amicizia pericolosa. Ma, fece notare un suo dipendente, loro lo vedevano solo una-due volte alla settimana, esclusivamente per ragioni di lavoro. La vittima, per giunta, per quanto fosse brillante con i clienti e i collaboratori, era una persona molto riservata. Non parlava mai delle sue vicende personali, non erano quindi a conoscenza delle sue frequentazioni o amicizie, se non quelle riconducibili alla galleria.

Gli unici spunti interessanti emersero dalle chat del cellulare, che Gualtieri utilizzava come mezzo di comunicazione preferito, sia per questioni private sia di lavoro. Da queste si evinceva che intratteneva relazioni amorose con più uomini. I suoi amanti, almeno tre, vennero quindi identificati e il commissario ordinò a Di Maggio e Calderoni di interrogarli.

Dalle chat riuscirono anche a farsi un'idea sulle sue amicizie e conoscenze, una trentina di persone. Dal tenore dei messaggi si capiva che erano tutte legate in qualche modo al mondo dell'arte: giornalisti, critici, galleristi, collezionisti, artisti. Anche loro sarebbero stati sentiti da Calderoni e Di Maggio. Con la sorella i rapporti non erano molto stretti: si scambiavano solo gli auguri per le feste comandate e i compleanni.

Il commissario aveva anche chiesto ai colleghi della Narcotici di informarsi presso le loro fonti se la vittima fosse un abituale consumatore di cocaina, ma anche in quel caso non si trovò alcun riscontro. Gualtieri si procurava evidentemente la droga fuori città, molto probabilmente a Milano.

Ardenti aprì il fascicolo dell'indagine e rilesse il rapporto della Scientifica: nessuna traccia organica, nessuna impronta digitale se non quelle della governante e della vittima. Nessun segno di colluttazione. L'assassino non aveva lasciato alcuna traccia, benché minima. Aveva agito in modo molto professionale. Secondo il rapporto, i tagli erano stati inferti con un bisturi, quasi di sicuro quando l'uomo era già deceduto, ma questo dettaglio andava confermato dall'autopsia. Lo scopino era di una marca comune, reperibile in qualsiasi discount.

Qualcosa d'interessante sarebbe magari emerso con l'apertura del testamento, prevista per la settimana seguente. Avrebbe chiarito chi sarebbe stato il maggiore beneficiato, ma Ardenti non era particolarmente fiducioso.

Le foto della scena del delitto erano sparse sulla sua scrivania, e il commissario le riesaminò con attenzione una per una, sperando di scorgere qualche dettaglio che gli fosse sfuggito. Se non avessero trovato il movente o qualche altro spunto investigativo, l'indagine si sarebbe presto arenata e per Ardenti sarebbe stata una cocente sconfitta, non solo professionale.

Una delle foto ritraeva in primo piano il viso sfregiato della vittima. Il commissario la scrutò e si domandò, pensando all'omicida: "Perché gli hai aperto gli occhi? Perché quella messinscena? Lo hai fatto subito dopo avergli tagliato la gola, in modo che potesse assistere per pochi istanti alla sua stessa mutilazione? Oppure lo hai fatto in seguito, quando era già morto, e volevi che venisse ricordato così, con quell'espressione terrificante? Volevi forse dimostrare quale era la vera natura di Gualtieri? Volevi dirci che era un mostro? O quella messinscena serviva a te, per appagare un tuo folle desiderio di vendetta? E lo scopino che senso ha? Volevi burlarti di lui? Umiliarlo?".

Le domande rimasero sospese nella sua mente e un senso di sconforto lo assalì. Raccolse le foto e le ripose nel fascicolo. L'unica circostanza che gli provocò un leggero sollievo era il rientro di Baroni, previsto per il giorno seguente.

Ardenti si alzò dalla scrivania e si diresse verso l'uscita della Questura. Aveva bisogno di una pausa di riflessione, lontano dalle scartoffie e dai telefoni che squillavano in continuazione. Era il suo modo per riordinare le idee.

Attraversò la piazza e si sedette a un tavolino all'aperto del suo bar preferito, Il Duca, dove ordinò un cappuccino. Si accese una sigaretta e osservò il passaggio dei turisti.

– Giuseppe!

Una voce familiare interruppe i suoi pensieri.

– Che bello rivederti, Giuseppe – riprese ad alta voce un signore di mezz'età avvicinandosi al commissario. Teneva per mano una bambina di nove o dieci anni. Ardenti fu colto di sorpresa, ma lo riconobbe subito, anche se esitò qualche istante perché non rammentava il suo nome. Poi finalmente si alzò per salutarlo. I due si strinsero la mano calorosamente.

– Gabriele, è un piacere rivederti dopo tanto tempo. Che ci fai a Mantova?

– Sono qui per mia figlia. – L'uomo indicò la bambina, intenta a digitare sul cellulare e non molto interessata al nuovo incontro del padre. – Abbiamo un appuntamento per una visita specialistica qui a Mantova, nulla di grave.

– Accomodati, prego. Cosa ti posso offrire?

– Ti ringrazio, Giuseppe, non posso fermarmi, siamo già in ritardo. Ma quando ti ho visto non potevo non salutarti. Sono ancora in debito con te... Non finirò mai di ringraziarti.

– Ma figurati, Gabriele. È andato tutto bene, no? Quindi non pensarci più.

Quell'uomo aveva un buon motivo per essere riconoscente al commissario. La sua ex moglie, con la complicità del suo amante, lo aveva denunciato per pedopornografia e aveva scaricato sul computer del marito filmati compromettenti in modo da poter chiedere l'addebito in sede di separazione. Solo con l'aiuto del commissario, che si era interessato al caso grazie all'intervento di una comune conoscenza, degli esperti informatici riuscirono a provare che gli accessi al computer di Gabriele erano stati effettuati in tempi incompatibili con la sua attività di infermiere, e la denuncia si ritorse contro l'ex moglie e il suo amante, entrambi finiti a processo e condannati.

La bambina si aggrappò alla gamba del padre e

gli fece dei segni con la mano. Lui rispose con un cenno della testa e un sorriso. Sul momento Ardenti non ci fece caso.

– È una bellissima bambina, sei fortunato – si complimentò sorridendo. – Come ti chiami?

La bambina non rispose, sembrava non prestargli attenzione.

– Si chiama Rosangela. Sì, lo so, sono fortunato, siamo molto felici.

Mentre pronunciava quelle parole i suoi occhi infossati si inumidirono, e il commissario non poté fare a meno di notare un'ombra di preoccupazione nello sguardo dell'uomo. Quell'evidente contrasto fra le sue parole e l'espressione degli occhi lo impensierirono.

– Se posso aiutarti, Gabriele, sai dove trovarmi. Lo sai che puoi contare su di me.

– Sei troppo gentile, Giuseppe. – La sua voce era rotta dall'emozione. – Ti ringrazio. Ora dobbiamo scappare o faremo tardi dal dottore. Sono proprio contento averti rivisto.

I due si salutarono e Ardenti riprese posto al suo tavolino. Seguì con lo sguardo il suo conoscente allontanarsi e scambiarsi dei segni con la figlia. Aveva intuito che la sua preoccupazione riguardava lo stato di salute della bambina, ma solo in quel momento intuì di cosa si potesse trattare e si rattristò. La bambina era molto probabilmente sorda.

Un senso di amarezza lo assalì, ma su quel versante non poteva davvero aiutare Gabriele. Doveva pensare ad altro.

Il cappuccino si era raffreddato. Ardenti lo finì, tornando con i pensieri all'omicidio di Gualtieri.

– Bentornato, Franco. – Ardenti non era mai stato così felice di rivedere il suo collega. Avrebbe voluto abbracciarlo, ma si trattenne e si accontentò di stringergli calorosamente la mano. Si erano dati appuntamento davanti alla Procura alle nove, perché il commissario doveva aggiornare il dottor Morello e tanto valeva che fosse presente anche Baroni, così si sarebbe subito potuto dedicare alle indagini. Ma Baroni era arrivato in Questura la mattina presto per studiare il caso ed era già al corrente dei fatti principali. Gli mancavano solo gli ultimi aggiornamenti.

I due si identificarono all'ingresso e salirono le scale. Il magistrato li stava aspettando. Anche lui fu felice di rivedere Baroni. Aveva già avuto occasione di incontrarlo in qualche indagine precedente e apprezzava il suo fiuto e la sua concretezza. Si accomodarono tutti nell'ufficio, e Morello fece portare tre caffè.

Ardenti aggiornò entrambi sugli ultimi sviluppi: sulle frequentazioni emerse dalle chat, sulla via di fuga dell'omicida e sulle testimonianze raccolte nella galleria milanese.

– Bene. Ispettore Baroni, che idea si è fatto su questo omicidio? – chiese Morello a bruciapelo.

– Be', se lasciamo da parte per un attimo la scenografia allestita dall'omicida, ciò che mi ha colpito di più sono la freddezza e la professionalità con cui ha agito. Non ha improvvisato e non ha commesso errori, era pratico del luogo, sapeva di Esmeralda, conosceva le abitudini della casa, sicuramente conosceva bene la vittima. Ha pianificato e organizzato tutto nei minimi dettagli, compreso la data del delitto, che ha fatto coincidere con uno spettacolo di grande richiamo per agevolarsi la fuga.

Morello e Ardenti ascoltavano attenti la sua analisi.

– Una simile professionalità non s'improvvisa – continuò l'ispettore. – Vorrei tanto sbagliarmi, ma secondo me non è stato il suo primo omicidio... e temo che non sia nemmeno l'ultimo.

Baroni esitò prima di continuare, forse si stava sbilanciando un po' troppo. Morello lo guardò stupito e Ardenti, che aveva tenuto la tazzina del caffè in mano, la pose sulla scrivania del magistrato per paura che gli cadesse.

– Un serial killer? – chiese Morello, quasi sottovoce, chinandosi verso l'ispettore.

Seguirono alcuni attimi di assoluto silenzio.

– Ma cosa te lo fa pensare, Franco? – intervenne Ardenti, anche lui con un tono sommesso. L'ipotesi di Baroni aveva messo entrambi gli interlocutori in una sorta di soggezione, sia per la gravità dello scenario che si stava prospettando, sia perché era un'ipotesi che nessuno di loro fino a quel momento nemmeno aveva preso in considerazione.

– Spero di sbagliarmi – riprese Baroni, – ma la messinscena allestita dall'omicida non era funzionale al delitto stesso. Mi spiego: il movente non era unicamente quello di uccidere Gualtieri. Quello scopo lo poteva raggiungere anche solo tagliandogli la gola. L'assassino voleva anche umiliarlo, dissacrarlo. Per questo gli ha sfregiato la faccia, efferatezza che è una componente sadica tipica degli omicidi seriali. Ma, soprattutto, ha voluto firmare la sua opera, lasciare un messaggio, e quella è la ragione per cui gli ha lasciato in mano lo scopino.

– Un messaggio a chi? – chiese Morello, sempre più incuriosito.

– Immagino a tutti noi o magari a una cerchia di persone che ancora non abbiamo individuato. Sta a noi scoprirlo...

– Porca puttana... – si lasciò scappare Ardenti. Stava fissando nel vuoto, e quelle parole gli erano uscite inconsapevolmente.

– Quando lasciano questo tipo di messaggio – continuò Baroni – significa che nella loro mente malata pensano di avere una missione da compiere. Negli Stati Uniti l'FBI ha studiato accuratamente il fenomeno dei killer seriali e li ha suddivisi in varie categorie. Il nostro rientra in quella dei cosiddetti "missionari": concepiscono il loro delitto come una missione e lasciano un messaggio per motivarlo o rivendicarlo, una firma. Per questo credo che colpirà ancora: è convinto di dover compiere una missione.

Morello si alzò lentamente dalla scrivania e aprì la finestra. La sua temperatura corporea si stava alzando e aveva bisogno di una boccata di aria fresca.

– Non è tutto, purtroppo – continuò Baroni. – Fra le varie classificazioni fatte dall'FBI degli omicidi seriali, quella principale riguarda il modus operandi con cui agiscono. Nel nostro caso potremmo avere a che fare con un omicida seriale cosiddetto "organizzato": non agisce d'impulso, non improvvisa, ma è uno psicopatico che pianifica tutto nei minimi dettagli, una persona estremamente razionale. È lucido, intelligente, astuto, freddo, ben inserito, conduce molto probabilmente una vita sociale ordinaria... Non sarà per niente facile individuarlo.

Ardenti si allentò il nodo della cravatta, cosa che

faceva sempre quando sentiva la tensione salire, e si alzò per raggiungere il sostituto procuratore alla finestra.

I due si guardarono brevemente con aria preoccupata, mentre Baroni sfogliava il fascicolo. Rimasero così per diversi secondi, poi Morello tornò alla scrivania. – Ottima analisi, ispettore. Un po' azzardata, però vista da questa prospettiva potrebbe avere ragione. Cosa consiglia di fare?

– Attenderei l'esito degli accertamenti in corso, l'autopsia, la verifica delle targhe, dei pernottamenti, le testimonianze degli amanti e tutto il resto. Poi bisognerà scavare nel passato della vittima e indagare negli ambienti che frequentava. Non c'è molto altro che possiamo fare, per ora. Giusto, capo?

Ardenti annuì. – Quel bastardo sarà anche astuto, ma prima o poi commetterà un errore, ce ne basta uno... Non esiste il delitto perfetto.

Il commissario era della vecchia scuola, prossimo ormai alla pensione, e non aveva dimestichezza con certe efferatezze che si verificavano perlopiù in posti molto lontani da Mantova, una città tranquilla in cui viveva ormai da oltre vent'anni. Di omicidi seriali aveva sentito parlare solo in qualche film o documentario americano, ma non aveva mai dovuto confrontarsi professionalmente con quel fenomeno.

– Va bene, signori. Riaggiorniamoci non appena avrete delle novità sul caso.

I tre si congedarono e appena usciti dalla Procura il commissario e l'ispettore si fermarono per fumare. Baroni si accese il suo solito toscano.

– Cavolo, Franco, potresti avere ragione – commentò Ardenti, espirando dal naso il fumo della sua MS.

– Spero di no, commissario, ma temo che le cose stiano proprio così.

– Dai, vieni, facciamo una passeggiata per schiarirci le idee. – Ardenti prese sottobraccio l'ispettore e i due si incamminarono sulla via di ritorno verso la Questura. – Spiegami, dove ti sei fatto tutta questa cultura sui serial killer?

– Stamattina, in Questura. – Baroni fece un breve sorriso, come se avesse fatto una battuta brillante, poi tornò serio. – Scherzavo, commissario. L'argomento mi ha sempre appassionato e anni addietro avevo letto parecchi libri in merito. Stamattina, quando ho letto il rapporto della Scientifica e visto le foto del delitto, mi sono reso conto che la messinscena richiamava per molti aspetti quella tipologia di omicidi e mi sono rinfrescato la memoria leggendo alcuni articoli su internet.

– Quindi, secondo te, questo assassino ha già ucciso e non ha ancora finito?

– Temo di sì, capo.

– Franco, smettila con questo capo... Chiamami Giuseppe e dammi del tu, d'accordo?

– Okay, Giuseppe.

– Sarà magari il caso di fare una ricerca sugli omicidi irrisolti degli ultimi quattro-cinque anni, e controllare se ci sono delle somiglianze. Che ne dici, Franco?

– Senza dubbio. Prima però ci servirà il rapporto dell'autopsia, che dovrà spiegare alcuni dettagli poco chiari. Per esempio: come ha fatto l'assassino a tagliargli la gola senza che Gualtieri reagisse o si allarmasse e gridasse per chiedere aiuto? L'assassino doveva essere sicuro di non svegliare la governante, quindi secondo me deve averlo in qualche modo stordito prima di ucciderlo. Ma non ci sono segni di colluttazione.

– Hai ragione. Attendiamo il rapporto dell'autopsia.

– Certo che... – l'ispettore schivò un ragazzo in bicicletta che stava per investirlo – non possiamo escludere altre ipotesi. Mi fa pensare la cattiveria con cui l'assassino ha deturpato la vittima. Denota una ferocia non comune, un estremo astio. Voleva punirla, umiliarla.

Il commissario annuì. – Doveva conoscere bene Gualtieri e odiarlo profondamente. Non credi?

– Condivido. Gualtieri doveva conoscerlo bene, su questo non ci sono dubbi, altrimenti non lo avrebbe fatto entrare in casa di sera. Quindi il movente secondo te potrebbe essere passionale?

– Potrebbe. Passionale in senso di vendetta o gelosia.

Proseguirono in silenzio per qualche minuto lungo un acciottolato medievale che portava verso il centro, poi Ardenti riprese la parola, cambiando completamente discorso. – A proposito, come sta Anna? Le è piaciuta Capri?

Baroni gli raccontò di come aveva passato la settimana con la sua compagna. I due conversarono amabilmente per tutto il tragitto fino alla Questura; era la prima volta che lo facevano.

Passando di fronte a un bar, Ardenti avvertì il bisogno di un altro caffè. – Franco, lo prendi un caffè?

– Volentieri, Giuseppe.

Quando entrarono, Ardenti gli cedette il passo e l'ispettore in quel momento ebbe la sensazione che stesse per nascere una bella amicizia.

Galleria d'arte contemporanea Gualtieri, Milano

I due contitolari e i commessi erano vestiti di nero e accolsero i visitatori con aria sommessa. Avevano deciso di tenere aperta la galleria addobbata a lutto, dato che l'abitazione di Gualtieri sarebbe rimasta inaccessibile per diversi giorni. Chiunque avesse voluto esprimere le proprie condoglianze alla sorella e ai soci e rendere omaggio alla vittima poteva farlo lì, che era anche l'unico luogo in cui la maggior parte dei suoi conoscenti, collaboratori e clienti lo aveva incontrato e frequentato. La sorella del defunto aveva apprezzato l'idea e rimase per quasi tutti i tre giorni a disposizione dei visitatori.

Baroni si aggirava fra la folla e le sale della galleria. L'ambiente era illuminato solo da una luce calda e soffusa proveniente da diversi elementi in legno di rovere applicati alle pareti, nonché dai faretti led puntati sui quadri. Diede un'occhiata al libro delle condoglianze: nel primo pomeriggio c'erano già diverse centinaia di firme e commiati. L'ispettore si intrattenne con discrezione prima con la sorella, poi con uno dei due soci e infine con alcuni collaboratori di Gualtieri, che confermarono la sua indole gioviale, amichevole e il suo stile di vita alquanto sobrio. Voleva anche farsi un'idea delle conoscenze e delle frequentazioni della vittima che quel giorno erano venute per le condoglianze e concluse che si trattava di un ambiente altolocato, composto perlopiù da gente facoltosa, intellettuali e, a giudicare da certe mise, anche da alcuni artisti.

Diversi camerieri in divisa si mescolavano fra gli ospiti servendo su vassoi d'argento flûte di champagne. L'ispettore ne afferrò uno, non perché avesse voglia di bere, ma per non dare troppo nell'occhio. Si era infatti accorto che parecchi visitatori lo avevano adocchiato incuriositi. Ma anche con il flûte in mano, in quella folla vestita elegantemente a lutto, il suo abito spezzato dei grandi magazzini lo distingueva d'acchito, come se un faro da palcoscenico lo illuminasse e lo seguisse passo dopo passo.

Baroni si fermò davanti a un'opera e la osservò, sforzandosi di darle un senso. Era un genere di pittura che non gli diceva niente, come quasi tutta l'arte contemporanea. Mentre cercava di capire il significato di quell'opera, sentì una voce suadente alle sue spalle. – Le piace?

Baroni si voltò. Giovanni Bonalumi, uno dei due soci di Gualtieri, gli si era avvicinato con aria compiaciuta.

– Non esattamente, tuttavia confesso che non me ne intendo assolutamente di arte moderna.

– Ma non bisogna essere intenditori, ispettore. Il quadro è da interpretare, e il bello dell'arte contemporanea è proprio questo: ciascuno è libero di interpretarla a suo modo, non ci sono limiti. Non è solo uno strumento dell'artista per esprimere pensieri ed emozioni, ma anche un mezzo di comunicazione, invita a riflettere, a esplorare nuove idee, nuove prospettive, superare gli schemi e le barriere tradizionali.

– Capisco, molto interessante. Magari in un'altra occasione avremo modo di approfondire. Ora, se ha qualche minuto, la pregherei...

– Ma certo, ispettore. Cominciamo subito.

Giovanni gli aveva promesso di accompagnarlo e spiegargli chi fossero i visitatori presenti. Percorsero per oltre mezz'ora le sale e i corridoi della galleria. Gli ospiti erano quasi tutti collezionisti, colleghi galleristi o artisti della loro scuderia.

– Ci sono novità sulle indagini? – chiese sottovoce Bonalumi, mentre gli faceva strada fra la gente.

– Non ancora. E poi non è questo il momento per parlarne. Vorrei capire piuttosto chi erano le persone che frequentava Gualtieri.

Bonalumi annuì e proseguì indicandogli quelle più importanti. Gli presentò anche Dusan Starkoievich i cui quadri occupavano un'intera parete della sala principale.

– È un pittore serbo. Amico intimo del titolare, un suo pupillo – gli sussurrò Giovanni, prima di presentarlo.

Si avvicinarono e l'ispettore gli strinse la mano, ma confidò all'accompagnatore che il suo inglese non gli permetteva di intrattenere una conversazione. – Lui parla benissimo l'italiano, vero Dusan? – rispose sorridente Giovanni e colse l'occasione per separarsi da Baroni e tornare all'ingresso per ricevere i visitatori.

– Buona sera, signor Dusan. Giovanni dice che conosceva bene il signor Gualtieri.

– Sì, ci siamo conosciuti negli Stati Uniti. È lui che mi ha lanciato, gli devo molto – rispose l'altro con un'espressione triste.

– E lei ora vive in Italia?

– No, vivo in Serbia, vicino a Belgrado, ma mia madre è italiana, per questo parlo la vostra lingua. Sono venuto qui solo per esprimere le mie condoglianze e per il funerale. Poi torno a Belgrado – rispose il giovane artista, evidentemente infastidito per quelle domande a suo parere fuori luogo.

– Mi scusi, non mi sono presentato. Sono della Polizia, ispettore Baroni. Sto indagando sulla morte del suo amico.

Dusan lo guardò un po' sorpreso e, abbassando lo sguardo, commentò: – È orribile quello che è successo.

Baroni annuì. I giornali e i media avevano riportato la notizia del delitto nella versione fornita dalla Polizia. I dettagli più scabrosi, come i tagli alla bocca e lo scopino erano stati omessi, ma che la vittima fosse stata sgozzata era di dominio pubblico.

– Sì, lo è davvero. Lei che lo conosceva bene si è chiesto chi potrebbe aver avuto interesse a ucciderlo? Aveva dei nemici? Frequentava gente poco raccomandabile?

– Certo che me lo sono chiesto, ma non sono riuscito a immaginare nessuno che potesse avere un simile odio nei suoi confronti. Era una persona solare, sempre sorridente, affabile e di buon umore. Era pure un mecenate, io ne sono l'esempio. Prima di conoscerlo ero un artista senza alcun futuro, praticamente un fallito. Oggi i miei quadri sono esposti in una delle più prestigiose gallerie di Milano e di Los Angeles, solo grazie a lui. E molti altri artisti devono a lui la loro carriera.

Dusan indugiò un attimo prima di continuare. – L'unica motivazione che riesco a immaginare per compiere un delitto simile è la passione, un amante respinto o tradito.

Baroni lo guardò stupito. Dusan non aveva tutti i torti. La passione, nelle sue varie sfaccettature, è uno dei moventi più comuni nei delitti di sangue. Soldi e passione.

– E lei conosce qualche suo amante respinto o tra-

dito? Aveva qualche relazione finita male, che lei
sappia?

– No, non ne sono a conoscenza. Come saprà, immagino, Girolamo era gay e aveva diversi amanti,
contemporaneamente. La gelosia può spingere molte
persone a fare pazzie, per questo ho subito pensato
a una relazione finita male. Chi altro avrebbe potuto
ucciderlo così, in casa sua?

Dusan si avvicinò all'ispettore e aggiunse sottovoce: – Il fatto è, signor ispettore, che Girolamo non
era molto selettivo nella scelta dei suoi amanti.
Aveva un debole per i giovani... come dire... sregolati, scapestrati, bisognosi di una guida. Capisce cosa
intendo?

Baroni lo fissò annuendo.

– Anch'io ho avuto una relazione con lui, quando
vivevamo a Los Angeles – gli confidò. Il suo tono
era calmo, sereno. – Non lo sbandiero in giro, ma ci
tenevo che lei lo sapesse da me e non da altri. Io al-
l'epoca ero uno sbandato, non lo nascondo. Fu lui a
salvarmi. Forse voleva anche solo soddisfare un suo
istinto paterno per i figli che non ha mai avuto, non
saprei. Comunque, anche quando la nostra relazione
finì rimanemmo buoni amici. E... non sono stato io
a ucciderlo.

La schiettezza del suo interlocutore spiazzò per
un attimo l'ispettore, e Dusan fece brevemente
cenno a qualcuno alle sue spalle, facendogli capire
che lo avrebbe raggiunto subito. Baroni si voltò e
notò un anziano signore accompagnato da una ragazza, presumibilmente la nipote o l'amante, che era
rimasto in attesa di incontrare l'artista.

– Non la trattengo più, signor... Mi ripete il suo
nome, per cortesia?

– Starkoievich. Qui da qualche parte dovrebbero esserci dei cataloghi delle mie opere; può prenderne uno, se vuole.

– Non sarà necessario, grazie comunque.

I due si salutarono e l'artista raggiunse il suo conoscente.

Dal fotogramma che aveva immortalato l'assassino di fronte al portone di Gualtieri si evinceva che era alto massimo un metro e sessanta, e il serbo aveva all'incirca la stessa altezza. Baroni si annotò il nome sul taccuino e si ripromise di verificare i suoi ingressi in Italia. Sarebbe stato facile: la Serbia non faceva parte dell'Unione Europea. Poi abbandonò l'idea. "Se la madre è italiana, avrà sicuramente la doppia cittadinanza."

Ripensò alle parole di Starkoievich e d'un tratto gli venne in mente un'ultima domanda da fargli. Si voltò per cercarlo. L'artista era ancora intento a conversare con l'anziano e la ragazza. Baroni si avvicinò e gli fece cenno che aveva ancora un'ultima domanda da porgli. Dusan si scusò con i suoi interlocutori e si appartò con l'ispettore.

– Mi scusi, ma visto che vi conoscevate così bene, vorrei approfittarne per chiederle una cosa un po' confidenziale.

– Dica pure, ispettore.

– Gualtieri consumava abitualmente droghe, intendo cocaina?

– Sì, non ho problemi ad ammetterlo. Aveva un fornitore di fiducia qui a Milano. Gliela portava direttamente in galleria o in albergo. Girolamo voleva solo la migliore qualità, cocaina purissima, e la pagava bene. Ma non credo che questo abbia a che fare con la sua morte.

– Perché, secondo lei?

– Perché era il cliente ideale per un pusher. Era ricco e la pagava quasi il doppio: per il servizio a domicilio, per la qualità, per la discrezione.

Baroni annuì. Quel ragazzo gli sembrava sincero; avrebbe sicuramente avuto ancora bisogno di lui.

– Spero di esserle stato utile – concluse il giovane artista, porgendogli la mano.

Baroni la strinse. Si fece dare il suo numero di cellulare e si congedò nuovamente, scusandosi anche per aver interrotto la conversazione con i due rimasti in attesa di Dusan.

Guardò l'orologio. Era ora di tornare. Prese commiato dai due titolari e si affrettò a recuperare la macchina per non fare tardi per cena.

Sulla via di ritorno a Mantova, Baroni si trovò imbottigliato nel consueto traffico della tangenziale milanese. Aveva anche dovuto attraversare la città all'ora di punta ed era ormai sicuro che avrebbe ritardato. Chiamò Anna per avvertirla e scusarsi.

Poi abbassò il finestrino e si accese un ammezzato riflettendo sulle parole del serbo. In effetti la gelosia poteva essere un movente valido, specie se gli amanti erano degli "sregolati", come li aveva definiti Starkoievich, magari pure fatti di cocaina. Ma quel genere di soggetti non corrispondeva al profilo che lui aveva ipotizzato. L'omicida era tutt'altro che sregolato.

Baroni tornò con il pensiero alla scena del delitto. Per quanto fosse ripugnante e orribile quella particolare messinscena, nella mente dell'omicida doveva avere un senso. Era stata studiata, pianificata, doveva rappresentare e trasmettere qualcosa, un messaggio...

La fila si muoveva a passo d'uomo, e l'ispettore volse lo sguardo verso i passeggeri delle macchine che gli stavano a fianco, forse in cerca di risposte o di un'ispirazione. Accese la radio e, come per miracolo, l'emittente stava mandando in onda una delle sue canzoni preferite, *Aspettando il sole* di Neffa.

Ascoltando quelle note Baroni chiuse gli occhi e sentì il suo corpo rilassarsi in una sensazione di totale abbandono. Tirò una boccata al sigaro e la mente cominciò vagare fra i suoi ricordi di quando era un giovane poliziotto. Il conduttore continuava però a interferire nella canzone di Neffa con battute idiote, e Baroni spense la radio, interrompendo quel breve stato di trance. Avrebbe voluto chiamare di nuovo Anna, chiederle se le servisse qualcosa, sapere come stava o dirle anche semplicemente che gli mancava, ma i suoi pensieri tornarono inesorabilmente a frugare fra i frammenti dell'indagine su Gualtieri e sul possibile movente dell'assassino.

La sua ricerca si fermò di colpo di fronte a un quesito: "Ma un messaggio che non viene capito da nessuno non ha senso, non raggiunge il suo scopo. A chi era rivolto? Chi poteva o doveva interpretarlo?" si domandò, seguendo una colonna di macchine che sembrava non terminare mai.

Era evidente che il messaggio fosse diretto a chi era in grado di decifrarlo. Gli tornarono in mente le parole di Giovanni a proposito dell'arte contemporanea: "Un mezzo di comunicazione, da interpretare". E chi poteva interpretare quel mezzo di comunicazione, se non chi opera in quel settore?

La colonna di macchine davanti a lui continuava ad avanzare a rilento, e un pannello luminoso segnalava un incidente all'altezza del casello autostradale d'ingresso della A4. Baroni ne prese atto senza badarci, era troppo concentrato sulla pista che aveva individuato... Si convinceva sempre di più che l'omicida dovesse avere a che fare con il mondo dell'arte: il messaggio era rivolto a quell'ambiente. La missione di quel pazzo riguardava quel contesto.

L'imbrunire del cielo faceva da sfondo ai lampeggianti delle ambulanze, del soccorso stradale, dei vigili del fuoco e delle volanti della Polizia stradale, che avevano creato un caleidoscopio di luci colorate in fondo alla carreggiata. L'incidente aveva coinvolto diverse vetture, e i colleghi della Stradale deviavano il traffico sulla corsia d'emergenza, agitando la paletta per far scorrere velocemente le auto ed evitare che i curiosi rallentassero per osservare le macchine accartocciate.

Quando fu il suo turno di passare a fianco delle auto incidentate, Baroni si sforzò di non rallentare a sua volta, ma non riuscì a fare a meno di notare tre corpi stesi per terra coperti da un lenzuolo.

Quella vista gli ricordò di un suo caro amico, morto allo stesso modo. A quei tempi lui era ancora in servizio presso la Questura di Perugia. Non gli aveva mai dedicato il tempo che la loro amicizia meritava e all'epoca se ne era pentito amaramente... Proprio a lui, si diceva, che era sempre stato tanto disponibile nei suoi confronti e che non si tirava mai indietro quando poteva fargli un favore.

"Spesso riconosciamo il valore delle persone solo quando le perdiamo" era uno dei suoi pensieri fissi quando pensava al suo amico Giovanni. "Spero che tu abbia conosciuto almeno una volta la felicità, uno di quei brevi attimi che danno senso a tutta una vita" si disse, riaccendendo la radio per distrarsi.

– Com'è andata a Milano?

– Bene. Ho conosciuto un ex amante di Gualtieri, un artista serbo.

Baroni sembrava di buon umore. Si era accomodato nell'ufficio del commissario e lo stava relazionando su quanto appreso dall'ex amante di Gualtieri e sul pubblico che aveva visto nella galleria.

– La clientela è tutta gente altolocata, alta borghesia. L'età media è oltre i sessanta. Considera che un quadro là costa minimo sette-ottomila euro, mica bruscolini. Non credo che l'assassino sia uno di loro.

– Perché? Secondo te i ricchi non uccidono? – ribatté Ardenti con un'espressione ironica.

– Certo che sì, non volevo dire questo. Mi riferivo all'età. Difficilmente un giovane spende quelle cifre per un quadro, è più probabile che lo faccia un adulto. Non ce lo vedo un attempato medico o avvocato, o un anziano imprenditore, a compiere un crimine del genere. Non so dirti esattamente perché, però secondo me l'omicida è una persona giovane. Forse è per via della spietatezza e della cattiveria con cui è stato commesso il delitto: l'omicida odiava profondamente Gualtieri, e un simile sentimento, anche se negativo, di solito ce l'hai solo da giovane. Ho questa netta sensazione.

– Potresti avere ragione, anche se dal filmato non si capisce; potrebbe essere stata anche una persona anziana.

Ardenti si spinse sullo schienale della sua poltrona per allungare la schiena, erano almeno tre ore che non si alzava dalla scrivania. – C'è dell'altro?

L'ispettore condivise con il suo capo la conclusione a cui era giunto sulla via del ritorno da Milano e gli anticipò che avrebbe cominciato a interessarsi di quel mondo legato all'arte moderna, capirne il funzionamento e il business che ci stava dietro.

– Se capiamo il significato dello scopino penso che faremo un passo avanti e... Ah! Un altro particolare che forse ci aiuta a capire la scena del delitto è che, a detta di tutti, la vittima era sempre sorridente, solare, una persona brillante. Questo potrebbe spiegare i tagli alla bocca, una sorta di burla o di punizione da parte dell'omicida, magari per un torto subito.

Ardenti annuì e aggiornò a sua volta l'ispettore sugli accertamenti in corso, ma non sembrava molto convinto. – Di Maggio e Calderoni sono ancora in giro a interrogare i tre soggetti che abbiamo individuato come i suoi ultimi partner: uno vive a Bologna, l'altro a Modena e uno a Milano. Dovrebbero rientrare in giornata.

Estrasse poi una serie di stampati da una cartelletta e li pose sulla scrivania.

– Per quanto riguarda invece le targhe in uscita dalla città quella notte, ne abbiamo individuate centoventinove immatricolate fuori provincia, quasi tutte fra le dieci e mezzo e le tre di notte. In gran parte saranno stati gli spettatori della serata al Sociale. I pernottamenti di forestieri sono stati per fortuna molti di meno, una trentina. Ma la cosa più interessante è il referto dell'autopsia: avevi ragione tu, Franco. Gualtieri è stato stordito con un gas narcotizzante. È un prodotto vietato, molto difficile da trovare. Si tratta di un micidiale concentrato di ciclopropano, protossido di azoto, enflurano e alotano, reperibile solo sul dark web, che rende subito inoffensivo chiunque lo inali anche in dosi minime. Farò fare una ricerca a Lucibello fra i delitti irrisolti, magari è già stato usato.

– Be', non manca materiale su cui lavorare.

Ardenti scosse la testa e si rabbuiò in volto. – Ho riflettuto sulla tua teoria del killer seriale, sul fatto che sia una persona astuta, che non lascia nulla al caso. Se hai ragione tu, stiamo solo perdendo tempo. Non commetterebbe un errore così grossolano. Non ha lasciato alcuna traccia nello studio di Gualtieri, niente di niente.

Baroni notò un accenno di sconforto.

– Come hai giustamente detto tu, Giuseppe, a noi basta che l'omicida commetta un solo errore, non esiste il delitto perfetto. Ci serviranno più uomini. Dobbiamo individuare tutti i soggetti che hanno pernottato o sono usciti dalla città quella notte e verificare anzitutto se hanno precedenti, e poi incrociarli con i nominativi che riscontreremo nel corso delle indagini, a cominciare dagli amanti di Gualtieri, i clienti della sua galleria, soci in affari e tutte le persone con cui ha chattato o telefonato negli ultimi mesi. Magari non troveremo nulla, ma non possiamo trascurare alcuna possibilità.

Ardenti guardò l'ispettore e abbozzò un sorriso. – Guarda, Franco, che sono io quello che dovrebbe fare da motivatore della squadra...

– Lo so, Giuseppe, mi stavo solo allenando... per quando sarò commissario!

Ardenti apprezzò la battuta, sorrise nuovamente e cambiò umore. Baroni cominciava a piacergli.

– Ma lo sai che sei cambiato parecchio da quando stai con Anna?

– Si nota così tanto? Anna sarà felice di sentirlo. Stasera glielo dico. Suppongo in meglio, giusto?

Il commissario non rispose, prese sottobraccio Baroni e lo invitò a prendere un caffè alla macchinetta.

Caffè Liberty, Asola

Il professor Armando Apostoli ordinò come da sua abitudine un cappuccino e si sedette al suo tavolino preferito sotto i portici, con vista sulla piazza. Si accese la pipa ricurva e iniziò a sfogliare il *Giornale di Mantova*. L'appuntamento con l'ispettore era per le sedici, aveva ancora un po' di tempo per dare un'occhiata alla cronaca locale e godersi la vista sulla fontana di Ercole.

Sul lato opposto della piazza una Giulietta parcheggiò in divieto di sosta e un signore di mezz'età scese dalla vettura con un sigaro in bocca. Se lo accese e si diresse verso il Liberty. Il professore lo notò subito e lo seguì con lo sguardo: la sua andatura era calma, lenta, di uno che non aveva fretta, sicuro di sé. Era certamente il poliziotto con il quale aveva appuntamento. Il professore lo osservò di sottecchi fino al suo arrivo, poi si immerse di nuovo fra le pagine del giornale facendo finta di niente.

Era stata Anna a combinare quell'incontro. Aveva conosciuto il professore durante una visita guidata alla Cappella degli Scrovegni, a Padova, organizzata dall'associazione culturale di cui faceva parte, e da allora erano rimasti in contatto per diverse altre iniziative culturali.

– Il professor Apostoli è un'enciclopedia vivente, Franco – le aveva assicurato la donna. – Se c'è uno che può aiutarti a capire l'arte moderna è lui. Devi solo avere un po' di pazienza...

– In che senso, tesoro?

– Te ne accorgerai, amore – gli rispose lei, regalandogli un sorriso civettuolo e un fugace bacio sulla bocca. Conosceva l'abitudine del professore a divagare, e non osava immaginare le facce che avrebbe fatto il suo uomo durante la sua esposizione. Dovette trattenersi dal ridere.

– Ma mi raccomando: è un mio amico, trattalo bene! – gli ordinò e gli diede un altro bacio.

Quando Baroni raggiunse il Liberty, immaginò subito chi fosse la persona con cui aveva appuntamento. Un signore anziano vestito elegantemente stava seduto sotto i portici del palazzo comunale a uno dei numerosi tavolini esterni del bar, con la pipa in bocca e due libri appoggiati sul tavolo. Il suo abbigliamento gli ricordava i personaggi dei film degli anni Cinquanta: gessato grigio, doppiopetto, cravatta e un Borsalino su una sedia. Poteva essere solo lui la persona che doveva incontrare.

– Professor Apostoli?

– Ispettore Baroni, immagino. Piacere di conoscerla. Si accomodi, prego.

Il professore si era alzato, e i due si strinsero la mano. Baroni prese posto, contento di non essere l'unico fumatore presente. – Una delle poche soddisfazioni che possiamo ancora permetterci – commentò, sorridendo e indicando il suo sigaro.

– Concordo, ispettore, non ci è rimasto molto altro... – replicò il professore con aria rassegnata, alzando la pipa come per un brindisi. – Questa e un buon brandy la sera!

– La ringrazio per aver accettato di incontrarmi, professore.

– Si figuri, è un piacere per un pensionato come me poter dare una mano alle nostre forze dell'ordine. Anna mi ha detto che aveva bisogno di una breve infarinatura sull'arte moderna, per un'indagine in corso... Non sarà facile. – Il professore tirò una boccata dalla sua pipa. – Io la studio da oltre quarant'anni e tutt'oggi mi accorgo di quanti aspetti ci sarebbero ancora da approfondire. Comunque farò del mio meglio.

– Sono tutt'orecchi, professore.

– Cominciamo con spiegare il concetto di arte. Tolstoj la definì come la capacità di suscitare quel sentimento di gioia nel rapporto che si instaura tra l'artista e colui che contempla l'opera. L'arte è una forma espressiva simile a un linguaggio, ossia la capacità di trasmettere emozioni e messaggi.

Baroni capì subito che il professore andava indirizzato sul tema specifico, altrimenti avrebbero fatto notte. – Scusi, professore...

L'uomo guardò stupito l'ispettore, non era abituato a essere interrotto.

– A noi sarebbe molto utile capire come interpretare un'opera moderna, quali sono le chiavi di lettura, comprendere appunto il linguaggio e il messaggio che vuole trasmettere l'artista. Capisce cosa intendo?

– Allora lei si riferisce probabilmente all'arte contemporanea, non moderna.

– Pensavo fosse la stessa cosa...

– No, no. Sono due cose completamente diverse, ispettore. L'arte moderna nasce intorno al Quattrocento, con la scoperta della prospettiva, un elemento rivoluzionario che ha cambiato la pittura dal Rinascimento in poi.

– La prospettiva... – ripeté Baroni.

– Sì, esattamente. La prospettiva è un metodo, una tecnica che permette di ottenere su una superficie piana – nel nostro caso la tela del pittore – delle figurazioni in qualche modo corrispondenti al tipo di percezione visiva dell'essere umano, una costruzione spazialmente più verosimile, più realistica. Ha presente il *Cristo morto* del Mantegna?

– Credo di sì.

– Ecco, quello è un classico esempio di una corretta rappresentazione prospettica del reale e della corposità delle figure ritratte. Stiamo parlando dell'epoca di Michelangelo, Raffaello, Leonardo Da Vinci, Caravaggio...

– Capisco. No no, allora la mia indagine riguarda l'arte contemporanea.

– Quello è un capitolo diverso, molto più complesso e al contempo molto più banale – sospirò il professore, e chiamò la cameriera. – Non basterà un cappuccino... Temo che bisognerà passare a qualcosa di più forte. Lei cosa prende?

– Penso che un amaro possa bastare, per ora. Per me un Lucano.

– No, per me no. Se devo affrontare una tematica così spinosa ho bisogno di uno stimolante ad alta gradazione alcolica.

Una cameriera in grembiule si accostò al tavolo per prendere l'ordinazione, e il professore chiese l'amaro per Baroni e un whiskey per sé.

La cameriera prese nota e si ritirò, non senza aver prima scrutato attentamente l'ispettore. C'era qualcosa in quell'uomo che la intimoriva, forse lo sguardo, sembrava gelido.

– L'arte contemporanea è un mondo a sé – esordì il professore, tirando una boccata dalla sua pipa. – Il concetto stesso è ancora molto discusso. Partiamo dal termine stesso: "contemporaneo" è un aggettivo che significa il presente, l'odierno. Qualsiasi momento della storia era contemporaneo per chi viveva nello stesso periodo. Ai tempi di Caravaggio, la sua arte poteva considerarsi contemporanea. Quella che veniva definita arte contemporanea cento anni fa, per molti critici oggi non lo è più. Secondo loro è tale solo l'arte del secondo dopoguerra, dagli anni Cinquanta in poi. Io sono fra quelli, invece, che la definiscono come un ciclo artistico sorto ai primi anni del Novecento che perdura fino a oggi, anche se i primi germogli sono nati in Francia verso la fine dell'Ottocento, e le spiego perché...

La cameriera tornò con l'ordinazione e Baroni colse l'occasione per interrompere di nuovo il professore. Temeva che Apostoli si sarebbe dilungato troppo su aspetti che non c'entravano nulla con la sua indagine. – Professore, mi permetta di spiegarle prima il motivo della mia visita, così riusciamo a mettere a fuoco meglio quello che mi serve.

– Prego.

– Recentemente ho visitato una galleria di arte moderna... anzi, scusi, contemporanea, e vi erano esposti dei quadri che per un neofita come me rappresentavano solo degli scarabocchi. Uno dei titolari della galleria mi spiegava invece che era tutto un linguaggio da decifrare, di emozioni trasmesse dall'artista e così via. È questo il punto che ci serve capire. Poi le spiegherò anche perché.

– Va bene. Allora saltiamo a piè pari le basi e procediamo per grandi approssimazioni.

Il professore parve un po' dispiaciuto di non poter disquisire a suo piacimento. Ma Baroni voleva rientrare a Mantova prima di sera.

– Quegli "scarabocchi", come li ha definiti lei, è arte astratta. Sempre generalizzando, possiamo dire che, in ambito pittorico, prima del Novecento l'arte era figurativa, rappresentava cioè immagini immediatamente riconoscibili da chiunque. Quindi paesaggi, ritratti, nature morte, episodi storici o scene di vita quotidiana. Il valore dell'opera dipendeva dalla maestria, dal talento e dalla perizia tecnica dell'artista, da quanto fosse capace di rappresentare il più realisticamente e fedelmente possibile il soggetto o l'oggetto dipinto. La si definisce anche "rappresentazione naturalistica". Pensi ai ritratti di Velázquez, a Caravaggio, a Rembrandt, a Bruegel. L'arte contemporanea, che è principalmente astratta, ha segnato una netta rottura con la pittura figurativa: non rappresenta più oggetti, paesaggi, persone o situazioni reali o verosimili. O meglio: l'intento dell'artista non è più quello di rappresentarli in modo realistico, naturalistico, ma di esprimerne la propria visione ed esaltare i propri sentimenti attraverso forme e colori per trasmettere o provocare un'emozione nello spettatore. Per questo si definisce arte astratta, tipo gli scarabocchi che ha visto. Pensi per esempio a Kandinskij, uno dei pionieri dell'arte astratta. Con il suo sapiente uso di colori, linee e forme apparentemente tracciate senza logica, voleva suscitare precise sensazioni, provocare emozioni e tensioni nello spettatore, secondo un suo personale linguaggio metafisico.

A Baroni cominciava a girare la testa, ma non per l'amaro. Non l'aveva ancora toccato. Non voleva interrompere nuovamente il professore, tuttavia non poteva nemmeno farsi venire l'emicrania lasciandosi trascinare in una lezione d'arte che non gli interessava.

"Gli do ancora cinque minuti, poi gli chiedo dello scopino e la chiudiamo lì" si disse. Riaccese il sigaro e rimase ad ascoltarlo pazientemente.

– Da Kandinskij in poi fu un susseguirsi di sperimentazioni che esulavano dalla tradizione artistica: nuove idee, nuove tecniche, nuovi materiali, nuovi supporti. Abbiamo visto di tutto: artisti che versavano barattoli di vernice sulla tela, altri che per dipingere non usavano più nemmeno il pennello ma la cazzuola, la spatola e il palmo della mano, altri ancora riempivano all'impazzata la tela di colori e così via. Un artista austriaco usò persino sangue di animali per riempire le sue tele. Lo scopo dell'arte non era più di riprodurre fedelmente qualcosa di reale, di realistico o di bello, bensì di provocare, innovare, denunciare, di indurci a riflettere. Hanno persino coniato una nuova definizione: "arte impegnata". E ogni innovazione, purché originale, ancora meglio se irriverente, veniva ritenuta un capolavoro dell'arte contemporanea, anche in campo scultoreo. Ormai persino la pittura è considerata dai nuovi sacerdoti dell'arte contemporanea una forma d'arte superata.

Il professore fece una pausa per sorseggiare il suo whiskey e notò compiaciuto che due ragazze sedute al tavolino accanto stavano seguendo il suo discorso.

– È proprio così. Da qualche decennio le élite del mercato dell'arte contemporanea, i grandi sacerdoti, snobbano la pittura e prediligono la scultura, l'installazione, la fotografia, la performance.

L'espressione di Baroni gli fece capire che era meglio procedere per semplificazioni.

– Le faccio due esempi, ispettore. Negli anni Cinquanta un pittore italiano, Lucio Fontana, divenne famoso facendo dei tagli in mezzo alle tele. Un altro, Piero Manzoni, negli anni Sessanta defecò in alcune scatolette di latta e le battezzò *Merda d'artista*. Oggi una tela tagliata di Fontana costa un patrimonio, e le scatolette di Manzoni sono esposte nei più importanti musei d'arte contemporanea al mondo, dalla Tate di Londra al MoMA di New York. Qual era il significato di tali opere? Il primo voleva suggerire, con i suoi tagli, una finestra verso l'infinito spazio cosmico, superare la dimensione bidimensionale della tela, esplorare il concetto di spazialità. In quel caso riconosco sicuramente una certa genialità. Il secondo voleva provocare, denunciare il sistema perverso del mercato dell'arte contemporanea, per cui qualsiasi cosa, persino quella roba lì, se presentata al pubblico da un artista affermato in un certo contesto, veniva osannata come un'opera d'arte.

Il professore si assicurò che Baroni lo stesse seguendo, poi riprese. – Pensi che ancora oggi i collezionisti si contendono queste scatolette: pochi anni fa, a un'asta a Milano, ne aggiudicarono una per 275 mila euro. Le ho fatto questi due esempi per spiegarle come sia cambiato rispetto a prima il concetto di arte: è tutto basato sull'originalità dell'idea, non più sulla bellezza dell'opera o sulla bravura dell'artista. E questo vale chiaramente anche per i giorni nostri: un *balloon dog* di Jeff Koons costa decine di milioni di dollari.

Il professore dedusse dalla sua espressione che l'ispettore non sapesse di cosa stava parlando.

– Il *balloon dog*... l'avrà sicuramente visto da qualche parte! In televisione o su qualche rivista. Sono quelle grandi sculture colorate a forma di cagnolino, alte tre metri, che sembrano fatte con quei palloncini gonfiati e attorcigliati che si usano nelle feste dei bambini, ha presente? In realtà sono fatte in acciaio inossidabile. Chiaramente, quelle sculture non le ha prodotte Jeff Koons, le ha commissionate.

Una volta, perlomeno, gli artisti avevano il buongusto di fare da sé. Comunque, sappia che quell'opera viene considerata comunemente fra le più importanti e iconiche dell'arte contemporanea del XXI secolo. Secondo le intenzioni dell'artista, la superficie a specchio di quella scultura crea un'interazione con lo spettatore che vi si riflette e dovrebbe ricordargli l'innocenza e lo spirito gioioso dell'infanzia, la provvisorietà della felicità, rappresentare una sorta di fuga dalla complessità del mondo degli adulti e...

– Capisco, professore – lo interruppe Baroni. – Penso di aver capito il concetto e le sono molto grato. Credo sia sufficiente.

– ... Ma non ho ancora finito, siamo solo all'inizio! – protestò l'altro.

– Le vorrei piuttosto porre una domanda particolarmente difficile, alla quale penso che solo un vero esperto d'arte come lei sia in grado di rispondere.

Baroni aveva capito che il lato debole del professore era la vanità e ne approfittò. – Secondo lei, rimanendo in tema di provocazioni, idee e messaggi da trasmettere al pubblico, in quel mondo che mi ha descritto che cosa potrebbe rappresentare uno scopino da water?

– Uno scopino da water? – ripeté incredulo il professore.

– Esattamente. Così, giusto per fare un esempio di provocazione: un artista che si esibisse con uno scopino in mano avrebbe senso? Non sarebbe molto diverso da quello che ha fatto Manzoni, mi pare.

– Be', chiaramente dipende dal contesto, da come viene presentato e da chi; però, ora che mi ci fa pensare, un senso ci sarebbe...

Baroni drizzò le orecchie.

Marco Nobili suonò ancora il campanello di Pietro Vinciguerra. Erano già dieci minuti che suonava, ma nessuno rispondeva. Cominciò a preoccuparsi. A dire il vero, lo era già. Da due giorni ormai il suo amico non rispondeva al telefono. Prima squillava a vuoto, poi il suo cellulare risultava addirittura spento. Pietro non era un tipo che si dimenticava di caricare il cellulare o che lo teneva spento, tantomeno non rispondeva alle chiamate degli amici. Dopo avergli telefonato invano una decina di volte, Marco si era deciso ad andare a cercarlo di persona.

Qualcosa doveva essere andato storto: un suo conoscente lo aveva chiamato da Kassel per chiedergli se sapesse che fine avesse fatto Pietro. Non si era visto a nessuno dei ricevimenti importanti, nemmeno a quello riservato ai vip organizzato dalla curatrice della manifestazione. Un'assenza del tutto inspiegabile per un presenzialista come il professor Pietro Vinciguerra.

"Gli deve essere successo qualcosa. O a Firenze, prima di partire, o una volta arrivato a Kassel" dedusse Marco.

L'unica persona che poteva forse saperlo era l'anziana madre, ma anche lei non sentiva il figlio da almeno due giorni. Marco le aveva telefonato in mattinata e le era sembrata preoccupata, perché Pietro avrebbe dovuto chiamarla una volta arrivato in Germania. Lo faceva sempre quando prendeva l'aereo.

Marco si guardò intorno, era nel pieno centro di Firenze, sul Lungarno degli Acciaioli. Il palazzo non disponeva di una portineria e l'unico modo per entrare era farsi aprire da uno dei condomini. Rimase in attesa davanti al portone pensando il da farsi, poi sentì il tipico rumore di sblocco elettrico di una serratura. Il portone si aprì e una signora anziana uscì tenendo al guinzaglio uno yorkshire terrier.

Il cagnolino abbaiò alla vista di Marco e la signora lo prese in braccio.

– È molto... protettivo... – commentò Marco rivolgendosi alla signora con un sorriso.

– Sì, ed è anche un po' maleducato con la gente che non conosce bene. Vero, Pucci?

La signora diede un puffetto sul muso del suo cagnolino per farlo smettere di abbaiare.

– Sono un amico del professor Vinciguerra. Dovrebbe essere in casa, ma non risponde al citofono. Le spiace se entro nel palazzo per suonare alla porta?

– Faccia pure. Anzi, la accompagno, ho dimenticato qualcosa in casa.

Marco conosceva il palazzo e sapeva dove trovare le cassette delle lettere. Come prima cosa andò a controllare quella di Pietro e constatò che conteneva diversa corrispondenza. Anche quello non era un buon segno. Salì quindi al terzo piano e suonò il campanello dell'abitazione. Non venne ad aprire nessuno.

Rifletté ancora qualche istante. Non riusciva a trovare alcuna spiegazione logica per quella situazione, salvo che a Pietro fosse successo qualcosa in casa, magari un incidente domestico. Pensò che la cosa migliore fosse recarsi in un commissariato o chiamare il 113. Si era già voltato per scendere le scale quando, forse per istinto, tornò sui suoi passi e afferrò la maniglia della porta blindata. La girò e la porta si aprì.

– Permesso... Pietro? Sono Marco... C'è qualcuno?

Nessuno rispose. Marco chiamò più volte il suo amico e quel silenzio gli diede la netta sensazione che dovesse essere successo qualcosa di grave.

La scena che gli si presentò una volta entrato nello studio fu terrificante, e Marco non riuscì a trattenersi. Si voltò di scatto e vomitò in corridoio. Non smise per almeno due minuti e quando finì gli scoppiò un forte mal di testa.

Uscì barcollando dall'appartamento, appoggiandosi con le mani alle pareti. Sul pianerottolo la signora lo guardò con un'espressione spaventata e Pucci riprese ad abbaiare senza sosta.

– Signora, chiami subito il 113, hanno ucciso il professore – la implorò Marco, che subito dopo si accasciò a terra svenuto.

Baroni riattizzò il toscano che si stava spegnendo. La sua attenzione era alle stelle. Se il professore fosse stato in grado di spiegare il significato dello scopino messo in mano alla vittima avrebbero fatto un grande passo avanti nelle indagini.

– Qualche anno fa ho partecipato a un convegno – ricordò il professore. – Si discuteva delle nuove tendenze artistiche che stavano prendendo piede in Europa. Deve sapere, ispettore, che secondo alcuni studiosi questa fase di sperimentazione rappresentata dall'arte contemporanea, chiamiamola così, è destinata a concludersi, perché ormai abbiamo visto tutto. È già stata sperimentata ogni tecnica immaginabile, è stato denunciato, profanato, provocato e dissacrato tutto il possibile, tutti i valori, le certezze, i tabù, le paure della società occidentale, tutto è già stato tematizzato. Ora vanno ancora di moda le cosiddette installazioni e le performance, ma in ambito pittorico si stanno esaurendo le nuove idee: ripeto, ormai è già stato provato e fatto tutto l'immaginabile. Per questo motivo diversi critici d'arte sono convinti che l'imbarbarimento estetico a cui stiamo assistendo negli ultimi vent'anni sia ormai in declino e che si tornerà presto all'arte figurativa e ai canoni di bellezza classica, intendo come tendenza artistica, come moda, come mercato.

– E quindi?

– In quel convegno uno dei critici che era intervenuto fece una battuta che trovai molto azzeccata: «L'arte contemporanea è iniziata con un cesso e sta finendo con un cesso».

Il professore ridacchiò divertito e finì il suo whiskey. Poi notò che Baroni era rimasto impassibile e gli spiegò il senso di quella battuta. – Quel collega si riferiva al fatto che l'inizio dell'arte contemporanea, quella scultorea, viene comunemente fatto risalire a un'opera di un famosissimo artista francese naturalizzato americano, Marcel Duchamp, che in una mostra presentò un vespasiano capovolto, con tanto di etichetta. Un orinatoio, ma capovolto! L'aveva firmato e intitolato *Fontana*, come se fosse stata una sua creazione. Era il 1917 e quell'opera, chiamiamola così, viene tutt'oggi considerata nei libri di storia dell'arte come uno dei grandi capolavori del Novecento, come la prima opera scultorea dell'arte contemporanea. Chiaramente non era l'opera in sé che veniva considerata un capolavoro, bensì la scelta fatta dall'artista e l'idea di proporla come tale. Duchamp era un genio: dimostrò come qualsiasi cosa, anche un oggetto di uso comune prodotto in serie, in quanto presentata da un artista affermato poteva essere considerata un'opera d'arte. Sono state date diverse interpretazioni di quell'opera, ma rimane il fatto che Duchamp ha ipotizzato per primo che l'idea e il concetto che vuole esprimere un artista debbano prevalere rispetto alla produzione manuale e al risultato estetico. Per questo la chiamano anche "arte concettuale". Un po' la stessa idea ripresa poi da Manzoni. Ora arrivo al punto: pochi anni fa un artista italiano molto famoso, Cattelan... L'avrà già sentito questo nome, immagino.

– Prego, prosegua. – La pazienza di Baroni era al limite e il tono della voce era diventato secco e perentorio.

– Dicevo che pochi anni fa, nel 2016 credo, questo artista italiano presentò al mondo il suo nuovo capolavoro: un gabinetto d'oro massiccio, che poi venne anche rubato, mi sembra. Sì, ha sentito bene ispettore: un gabinetto d'oro, diciotto carati. L'opera venne esposta al museo d'arte contemporanea Guggenheim di New York con il titolo *America* e già su quel nome ci sarebbe da discutere parecchio. Comunque, per tornare a quella battuta: secondo quel critico, l'arte contemporanea è iniziata con un cesso, quello di Duchamp, ed è finita cento anni dopo con un altro cesso, quello di Cattelan. La battuta voleva significare, come già detto, che sia che si tratti di sculture sia di pittura, le abbiamo ormai già viste tutte e che questo ciclo di innovazioni, provocazioni, sperimentazioni e rotture con la tradizione artistica durato un secolo è ormai destinato a finire, a esaurirsi per mancanza di nuove idee. Non lo trova esilarante?

Il professore guardò divertito l'ispettore, che però gli pareva non aver ancora capito bene la battuta e quindi gliela rispiegò, in modo più semplice.

– Lo scopino da water potrebbe riferirsi ai due cessi, scusi il termine. Potrebbe significare che si è chiuso un ciclo, che l'arte contemporanea, così intesa, è finita. Ormai assistiamo da qualche decennio solo a una degenerazione dell'arte.

Baroni rimase immobile e continuò a fissare concentrato il professore.

– Come le dicevo prima, un simile gesto, quello di presentare uno scopino, per essere recepito come una provocazione o un'opera artistica dovrebbe essere fatto da un artista o da un esponente affermato del mondo dell'arte contemporanea. Se lo facessi io o lei, nessuno ci prenderebbe sul serio.

Il professor Apostoli si riaccese la pipa sogghignando. – Se poi vuole anche capire come funziona il mercato dell'arte contemporanea me lo dica. Posso farla parlare con una mia ex allieva, che è diventata un'importante curatrice di mostre per il ministero.

Baroni si appoggiò allo schienale dello sgabello, abbozzò un sorriso e tirò qualche boccata dal suo sigaro. Dopo alcuni istanti ruppe il silenzio. – Professore, la ringrazio, forse ce ne sarà bisogno. Lei mi ha già aiutato, non immagina nemmeno quanto mi sia stata utile la sua lezione. Ora ho capito.

– Davvero?

– Sì. Mi ha veramente aiutato molto e la ringrazio infinitamente.

Il professore non si aspettava tanta gratitudine e per un momento sospettò che si trattasse solo di un espediente del suo interlocutore per congedarsi anzitempo. Ma l'ispettore gli parve improvvisamente molto soddisfatto, di ottimo umore, e accettò i suoi ringraziamenti di buon grado.

– Sempre lieto di aiutare le forze dell'ordine, ispettore. E mi saluti la signora.

– Sarà fatto, professore.

Baroni si era già alzato e si stava dirigendo verso la macchina. Non aveva nemmeno pagato il suo amaro e il whiskey, tanto era galvanizzato per essere forse riuscito a dare finalmente un significato a quel maledetto scopino.

– Com'è andata col professore?

Baroni era ancora sulla soglia della porta di casa, quando Anna gli andò incontro e lo accolse entusiasta con un abbraccio. Sorrideva con gli occhi, e dallo sguardo traspariva tutta la sua curiosità circa l'incontro con il professor Apostoli. Conosceva bene la loquacità e la verbosità dell'anziano docente universitario e non vedeva l'ora di sentire i commenti e le reazioni del suo Franco, che nell'arte della conversazione era esattamente l'opposto: stringato se non a volte addirittura telegrafico. Per tutto il pomeriggio si era divertita a immaginare la scena di lui che si tratteneva dallo sbuffare mentre il professore si dilungava nelle spiegazioni, noncurante dell'impazienza del suo uomo.

Baroni non disse nulla per alcuni secondi fingendo uno sguardo cattivo, poi le rispose con un bacio e si lasciò scappare un sorriso. – Un po' prolisso, però in gamba. Mi ha aiutato molto. Diciamo che se ne raccomanda l'assunzione solo a piccole dosi... altrimenti ti stende.

Anna rise e rimasero abbracciati ancora per qualche istante, poi lei lo prese per mano e si diressero in cucina. L'ispettore pose cautamente il sacchetto della spesa sul tavolo e cominciò i preparativi per la cena, raccontandole del pomeriggio passato col professore.

Quel giorno toccava a Baroni cucinare, e Anna non vedeva l'ora di assisterlo all'opera. Due volte alla settimana, la domenica e un giorno infrasettimanale, solitamente il mercoledì, l'ispettore sfoggiava l'arte culinaria che aveva imparato sia come autodidatta sia frequentando corsi serali. Cucinare piatti prelibati era una delle sue passioni, ma lo faceva solo per gli ospiti o, chiaramente, per Anna. Quella sera aveva in mente due pietanze particolari e si era fermato in un alimentari ben rifornito per acquistare l'occorrente: paccheri con crema di zucchine e olive taggiasche come primo, a cui sarebbero seguiti bocconcini di pollo con finocchi e arance al forno e un'insalatina di fagiolini, patate e cipollotti.

– Stasera mangerai meglio che al ristorante... – le promise Baroni, interrompendo il resoconto sulla lezione d'arte che gli aveva impartito il professor Apostoli.

– E tu verrai poi lautamente ricompensato per i tuoi servigi – gli sussurrò Anna in un orecchio, stringendolo in un forte abbraccio.

Baroni sentì un brivido corrergli lungo la schiena e le rispose con un bacio. Poi indossò il grembiule da cucina e infilò nello stereo un vecchio cd dei Gipsy Kings, fermamente convinto che per cucinare bene bisognasse ascoltare della buona musica.

La notizia del ritrovamento del cadavere del professor Vinciguerra deflagrò negli ambienti investigativi come una bomba. Il primo a esserne informato a Mantova fu il commissario Ardenti, da un suo collega della Mobile di Firenze. Ardenti comunicò subito la notizia al questore e al sostituto procuratore, che indisse una riunione nel suo ufficio per il tardo pomeriggio.

– Franco, dove sei?

– Ciao, Giuseppe, ti stavo chiamando. Ho accompagnato Anna a Verona e sto tornando a Mantova. Ho una buona notizia, ho forse capito il significato dello scopino, è un po' complicato, ma...

– Rientra subito, dobbiamo essere in Procura fra meno di un'ora – lo interruppe il commissario. – L'assassino ha colpito di nuovo, a Firenze.

– Cosa?!

– Hai sentito bene. Avevi ragione, abbiamo a che fare con un killer seriale, un pazzo psicopatico. Sbrigati, ci vediamo da me in ufficio.

Baroni posò il cellulare e azionò il lampeggiante. Venticinque minuti dopo era già in Questura.

Ardenti era al telefono. Gli fece cenno di entrare, e l'ispettore si accomodò nel suo ufficio. Seguì la conversazione del suo capo e comprese che doveva essere con un collega di Firenze che lo stava ragguagliando sul nuovo omicidio. Ardenti era rimasto in ascolto per tutta la telefonata, annotando alcuni appunti su un'agenda e scuotendo leggermente la testa.

Quando finì la telefonata fissò Baroni per alcuni

attimi con sguardo assente. – Quello è completamente pazzo, un mostro assassino. Franco, dobbiamo prenderlo assolutamente, costi quel che costi. Ne ho parlato anche con il questore. Mi hai capito, vero?!

– Lo prenderemo, tranquillo.

Baroni aveva capito cosa intendeva dire il commissario: che per prenderlo si sarebbero potute anche usare le maniere forti. Gli appariva molto preoccupato e ne chiese conto. – Tutto bene, Giuseppe?

Ardenti lo guardò per alcuni secondi. – Sai cosa ha fatto l'assassino a Firenze?

Il commissario abbassò lo sguardo. Sembrava facesse fatica a continuare la frase o che avesse timore di descrivere il delitto. Rimase così per alcuni istanti, poi si riprese. – Franco, le modalità in cui ha agito questo pazzo sono disumane, lo capiremo bene dalle immagini. Ma preparati, da come me le hanno descritte sono terrificanti. Fra cinque minuti andiamo in Procura, troviamoci sotto. Io devo ancora sbrigare una faccenda.

Baroni capì che l'omicidio di Firenze doveva essere stato ancora più atroce di quello commesso ai danni di Gualtieri, che già faceva orrore. Non osava pensare a cosa avrebbe visto una volta arrivato in Procura. Scese lentamente le scale che portavano all'uscita, pensando all'incontro con il professore e a cosa lo aspettava: non era sicuro di voler vedere quelle foto.

Ardenti lo raggiunse con una cartelletta in mano e gli disse di prendere la macchina. Andarci a piedi ci si impiegavano dieci minuti, in macchina massimo cinque. Significava che la situazione era veramente di emergenza.

Arrivarono in via Chiassi in meno di quattro minuti. Il procuratore Morello li attendeva in ufficio e appena li vide entrare li fece accomodare. Pareva molto teso. Offrì loro un caffè, ma era chiaro che si trattava solo di una cortesia formale per rompere il ghiaccio. Ardenti e Baroni declinarono ringraziando.

– Bene. Come sapete, a Firenze è stato ritrovato in tarda mattinata il cadavere di un uomo vittima di omicidio. Il morto teneva in mano uno scopino da water. Dalle foto sembrerebbe identico a quello che impugnava Gualtieri, stessa forma e stesso colore. Non può trattarsi di un'emulazione. Quel dettaglio lo abbiamo tenuto nascosto alla stampa e ai media, lo conoscevamo solo noi e gli addetti ai lavori.

– L'autore è lo stesso... – commentò il commissario.

Morello annuì.

– ... E ha apposto la sua firma all'omicidio. Questa è un'altra caratteristica tipica del killer seriale: personalizzare il delitto, firmarlo per renderlo riconoscibile come opera sua – aggiunse l'ispettore.

– Aveva ragione lei, ispettore. Abbiamo probabilmente a che fare con un serial killer, e l'analisi che aveva fatto la volta scorsa sembra azzeccata: è un soggetto che pianifica tutto in modo meticoloso, non agisce impulsivamente ma con freddezza emotiva e con lo stesso modus operandi. Sceglie le vittime secondo uno schema preciso e sembra pure che si tratti di un cosiddetto "missionario", un pazzo che crede di essere destinato a compiere una missione, quella di uccidere persone che ritiene indegne di vivere, persone in qualche modo legate all'ambiente artistico.

– E questo da cosa lo deduce, dottore? – chiese Ardenti incuriosito.

– La vittima era un noto critico d'arte. In particolare di arte contemporanea, che era proprio la specialità della galleria di Gualtieri.

Ardenti e Baroni spalancarono gli occhi e fissarono sorpresi il magistrato.

– Purtroppo, questo non è tutto – continuò Morello. – L'assassino questa volta si è preso più tempo per mutilare la vittima... Spero che abbiate uno stomaco forte.

Senza aggiungere una parola il procuratore estrasse da una cartelletta alcune foto a colori e le appoggiò sulla scrivania, a disposizione dei suoi interlocutori.

Miami, sedici anni prima

La notizia del fallimento di Lehman Brothers stava scuotendo i mercati e le economie di tutto il mondo, ma Girolamo Gualtieri rimase sereno. Lesse la notizia sorseggiando un cocktail al bordo della piscina di un albergo a cinque stelle lungo la spiaggia di Miami, godendosi il sole su uno sdraio. Il termometro segnava 91 gradi Fahrenheit, circa 33 gradi Celsius.

Chiuse gli occhi e pensò a Mantova. La sua città preferita gli mancava, soprattutto la sua vivibilità, i palazzi storici, i ristoranti, la calma che aleggiava ovunque. Gli sarebbe mancata ancora per molto, però ora doveva cominciare una nuova vita. Daccapo. Solo che questa volta non sarebbe dovuto partire da zero: aveva i soldi, il fiuto giusto e, soprattutto, aveva capito come funzionava il sistema.

Solo pochi mesi prima aveva venduto le sue quote di proprietà della galleria di Milano al suo socio, Michele Brambilla, per quasi un milione e mezzo di euro e quei soldi erano già stati tutti versati sul suo conto. Si era anche impegnato per contratto a non gestire, nemmeno indirettamente, alcuna attività di commercializzazione di opere d'arte in Italia e in Europa per dieci anni. Il prezzo era giusto, se si consideravano l'avviamento della galleria, il mercato in continua crescita, il folto pacchetto clienti, i quadri e le sculture di proprietà, gli artisti sotto contratto... a patto che il business continuasse come sempre.

Gualtieri seguì con distacco le vicende della sua vecchia galleria, quello era ormai il passato. Doveva pensare al futuro. Stava sondando il terreno per aprire una nuova attività e aveva già scartato New York, troppo competitiva ed elitaria. Anche Miami non gli sembrava più il posto giusto per ricominciare. Si sarebbe quindi trasferito a Los Angeles.

Nell'arco di pochi anni Girolamo riprese la sua attività di gallerista di arte contemporanea in California. Non prima, però, di essersi abilmente introdotto negli ambienti artistici che contavano. Il fatto di essere omosessuale, per giunta italiano, lo avrebbe agevolato molto in quell'ambiente.

Non aveva mai vissuto la propria omosessualità come un problema, non gli creava alcun disagio emotivo, e non faceva nulla per nasconderla. Aveva scoperto di essere gay da giovane. Era cominciato tutto per caso, come per scherzo.

Aveva quindici anni, era un ragazzo sano, sveglio, curioso e ansioso di conoscere il mondo e le regole della vita. Stava facendo la doccia dopo il corso di nuoto nella piscina comunale, quando un educatore della parrocchia che accompagnava i ragazzi si era infilato nella sua cabina. Era tardo pomeriggio e la piscina era riservata ai corsi. Le docce erano divise in cabine e, volendo, ci si poteva chiudere dentro anche in due. A volte capitava di dover condividere la doccia quando qualcuno aveva fretta, e la cosa non lo insospettì. L'istruttore aveva una cinquantina d'anni ed era già visibilmente eccitato quando gli propose con aria allegra di insaponarsi a vicenda, quasi fosse un gioco. Il giovane Gualtieri lo guardò divertito e gli rispose scherzando: – E tu, cosa mi dai in cambio?

Si lasciò insaponare e toccare in cambio di uno skateboard nuovo fiammante e la promessa reciproca di mantenere il segreto. Lo affascinava osservare quell'uomo adulto eccitarsi e spasimare senza vergogna solo grazie a qualche sua innocua carezza alle parti intime. Aumentare al massimo il fremito sessuale di quell'uomo e quella sensazione di dominarlo lo sorprese.

Quello fu il suo primo approccio al sesso. A differenza di molti suoi coetanei, lui aveva sempre vissuto con serenità il proprio corpo che cambiava, e a quattordici anni aveva scoperto l'emozione che poteva provare con l'autoerotismo. Ma quel pomeriggio Girolamo comprese anzitempo l'eccitazione che poteva provocare su altri uomini e ciò che riusciva a esercitare in quei momenti di irrefrenabile passione. La cosa non gli dispiacque, anzi, l'affascinava, e lo stimolò a fare nuove esperienze, sempre più intime.

Inizialmente si accontentava di qualche giocattolo, tuttavia capì ben presto che era molto più utile chiedere in cambio denaro contante.

Già a quella giovane età Girolamo dimostrò un certo fiuto per gli affari e mentre i suoi coetanei per strada giocavano a rubabandiera, nascondino o palla prigioniera, lui a sedici anni per strada cominciò a prostituirsi, senza alcuna vergogna o inibizione.

Non percepiva quell'attività come degradante o svilente e non lo faceva per i soldi. Non proveniva nemmeno da una condizione familiare di miseria o di emarginazione, tutt'altro. La sua, piuttosto, fu inizialmente una genuina curiosità alla scoperta dei limiti, le inibizioni, le debolezze e la vulnerabilità della natura umana e dei suoi lati oscuri. L'educazione sessuale a quei tempi praticamente non esisteva, specie negli ambienti cattolici, e per i maschi consisteva perlopiù in un fugace passaparola fra adolescenti. Lui, invece, la stava scoprendo e praticando in tutti i suoi aspetti.

Non si sentiva vittima, ma manipolatore. Lo appagavano la piena consapevolezza del controllo sugli uomini adulti e la sensazione di dominio che il sesso e la lussuria gli permettevano. Il sesso lo intrigava per questi motivi. E non provava vero piacere, tantomeno con le donne, con le quali non riusciva a trovare le stesse soddisfazioni che gli davano gli uomini.

Così Girolamo cominciò, nei pomeriggi in cui sarebbe dovuto andare a studiare con dei compagni di classe, a prostituirsi saltuariamente nei pressi della stazione ferroviaria di Vicenza. Si era creato una ristretta clientela affezionata che lo attendeva e lo adorava. Per diversi mesi riuscì a farlo all'insaputa di tutti, anche dei suoi genitori che lo credevano uno studente modello.

A un certo punto gli scout, gli amici dell'oratorio, i compagni di scuola, tutti gli ambienti che frequentava allora cominciarono a evitarlo o a escluderlo, dopo che nel piccolo paese vicentino in cui viveva si era sparsa la notizia che aveva trascorso un paio d'ore a pagamento in una stanza d'albergo con un anziano signore.

I genitori e la sorella non ressero alla vergogna e qualche mese dopo si trasferirono nella loro città di provenienza, Pescara. Lui non li seguì. Il rapporto con la famiglia era ormai irrimediabilmente compromesso, non si sarebbero più parlati per il resto della loro vita. Si sarebbe riconciliato solo con la sorella, ma molti anni dopo.

Aveva diciassette anni quando scappò di casa per

rifugiarsi a Milano e nessuna idea su cosa fare. I pochi spiccioli che aveva messo da parte gli bastarono giusto per sfamarsi i primi giorni. Gualtieri ricordava quel periodo nella metropoli lombarda come il più brutto della sua vita: dormiva in uno stabile occupato da sbandati come lui, giovani che avevano rotto con la propria famiglia e la società e che trascorrevano il tempo nell'alcol, nella musica e nella droga. Molti di loro usavano la politica come pretesto, ma il loro vero unico pensiero era su come passare la giornata o procurarsi la prossima dose di eroina.

Le condizioni igieniche in quell'edificio erano proibitive e di notte c'era sempre chi si aggirava per i corridoi pronto a derubare qualche disperato di quel poco che possedeva. Il loro destino gli sembrava ormai segnato. Girolamo si rese conto di aver toccato il fondo. Divenne consapevole di essere uno di loro, uno sbandato che aveva rotto con le convenzioni sociali; ma non voleva fare la stessa fine.

Aveva toccato con mano la miseria. Si ripromise di uscire da quel degrado e di non farci mai più ritorno. Riprese quindi a prostituirsi – in quel periodo il posto giusto per quel genere di incontri era il parco Ravizza –, cercando una soluzione per accasarsi e fuggire da quella solitudine senza futuro.

Solo dopo poche settimane quella occasione si presentò. Un facoltoso cliente lo fece salire in macchina per una prestazione, e Girolamo capì subito dai suoi sguardi di piacergli molto; non fu difficile farlo innamorare di sé. Si chiamava Luigi e in pochi giorni divenne il suo amante. Era un importante editore di riviste di arredamento d'interni e gay dichiarato.

Luigi lo ospitò in un suo appartamento nel centro di Milano e per diverse settimane i loro incontri furono prettamente carnali. Col passare del tempo, tuttavia, fra i due si instaurò un rapporto solido, di autentico amore. Luigi vide in lui sempre meno il toy-boy che gli aveva fatto perdere la testa e sempre di più un partner. Gli fece da mentore, insegnandogli le basilari regole della buona conversazione e dello stare in società. Fu lui a introdurlo nel mondo dell'arte e del design e a svelargli i rudimenti del mestiere.

Girolamo gli era più che riconoscente e per giunta lo ammirava. Aveva solo da imparare da Luigi che era diventato il suo maestro. Glielo diceva in continuazione.

– Girolamo, io ti posso insegnare le basi, le regole – gli rispose una volta Luigi, – ma come stare al mondo dovrai impararlo da te e a tue spese, è una cosa che non si può insegnare. Troverai la tua strada, il tuo stile e forse un giorno anche tu offrirai una possibilità di riscatto a un giovane come te. Ma ricordati che alla fine conta una cosa sola: essere in pace con se stessi e vivere in armonia col mondo che ti circonda. Tutto il resto è fuffa.

Girolamo pensò spesso a quelle parole ma, purtroppo per lui, non ne capì mai veramente il significato.

Fu Luigi a fargli scoprire Mantova, durante una delle loro numerose gite fuori porta. Si innamorò subito della città, a cominciare dal suo skyline, il suo patrimonio artistico, paesaggistico e monumentale, la sua gastronomia, la sua vivibilità, la sua storia. A differenza di Milano e di altre grandi città anonime e senz'anima, Mantova gli parve un luogo a misura d'uomo, dove la gente ancora si parlava per strada e non si doveva usare la macchina per ogni minimo spostamento. Per diversi anni la città dei Gonzaga fu una delle loro mete preferite durante i week-end, e Girolamo si ripromise di andarci a vivere per trascorrere la vecchiaia, non appena ne avesse avuto la possibilità.

Raggiunta la maggiore età, poté finalmente uscire dalla clandestinità e cominciare a lavorare in una nota galleria d'arte milanese che apparteneva a un conoscente del suo mentore. Quell'ambiente patinato lo affascinava, e ben presto Girolamo si rese conto delle potenzialità che quel business offriva e delle entrature che gli permetteva nell'alta società. Seguendo l'esempio e i consigli di Luigi, sviluppò altresì un notevole savoir-faire nell'arte della conversazione, divenendo così un carismatico e brillante interlocutore nelle numerose occasioni mondane a cui partecipava. Erano gli anni d'oro dell'arte contemporanea e la gente spendeva cifre folli per quella merce.

Ma, soprattutto, il giovane Gualtieri, a differenza del suo socio Michele Brambilla con cui, pochi anni dopo, aprì la sua prima galleria, capì presto come funzionava quel particolare business. Gli affari andarono bene e per diversi anni fecero soldi a palate.

L'improvvisa morte di Luigi segnò per Girolamo uno spartiacque, e lui si convinse che era giunto il momento di dare una nuova svolta alla sua vita. Accettò la proposta di Michele, gli vendette la sua quota della galleria e si trasferì negli Stati Uniti.

Le loro strade si divisero per sempre. Non potevano ancora saperlo, ma ambedue le strade li avrebbero condotti a una fine rovinosa.

Dopo aver posato le foto del delitto sulla scrivania, Morello si voltò e si affacciò alla finestra del suo ufficio. Le immagini gli erano state girate via mail da un collega della Procura fiorentina. Rimase in attesa. Non voleva assistere allo sgomento dei due poliziotti. La vista di quelle foto lo aveva scioccato e voleva prendersi un po' di tempo prima di riguardarle.

Quando tornò alla scrivania, Baroni e il commissario Ardenti erano ancora intenti a osservare le immagini. Ardenti aveva un'espressione schifata e dopo ogni foto rivolgeva lo sguardo altrove, mentre l'ispettore le visionò con attenzione a una a una.

– Dagli zampilli di sangue pare addirittura che la vittima fosse ancora viva quando l'omicida gli ha scuoiato la faccia, ma i rilievi sono ancora in corso – disse il procuratore.

– C'è da sperare che fosse stato narcotizzato come Gualtieri e che non abbia sentito niente – commentò Baroni.

– La vittima era un noto critico d'arte, Pietro Vinciguerra – proseguì Morello. – Questo nuovo delitto conferma probabilmente due cose: che il movente è da ricercarsi nel mondo dell'arte e che entrambe le vittime sono state uccise dalla stessa persona. Non sono state scelte a caso, c'è un legame, e lo dobbiamo scoprire.

Ardenti si alzò e iniziò a girovagare per l'ufficio del procuratore mentre Baroni continuava a osservare la scena del delitto.

Teneva in mano una foto in primo piano. Vinciguerra era vestito, seduto su una poltrona, con un braccio appoggiato sul bracciolo e l'altro sul petto. La mano sul petto impugnava uno scopino da water, identico a quello del delitto precedente. Tutto il corpo era ricoperto di schizzi di sangue. Due erano i dettagli più agghiaccianti, e l'ispettore dovette sforzarsi di non distogliere lo sguardo. Il primo era il viso della vittima: una maschera di sangue in cui si distinguevano chiaramente solo la dentatura e i bulbi oculari. La mandibola pendeva e rendeva la scena ancora più terrificante. Come se non bastasse, e quello era il secondo dettaglio che lo aveva colpito, l'assassino aveva appoggiato i lembi della pelle scorticata sulle setole dello scopino.

Baroni pose le foto sul tavolo e rimase in silenzio. A quel punto il sostituto procuratore riprese posto alla sua scrivania e richiamò l'attenzione dei due investigatori. – Signori, per favore! Siamo professionisti. Sta a noi trovare questo pazzo e consegnarlo alla giustizia. A che punto siamo con le indagini su Gualtieri?

– Abbiamo individuato i proprietari dei veicoli usciti da Mantova quella notte e siamo in attesa di confrontarli con i nominativi che risultano dal suo cellulare, dalla sua corrispondenza elettronica e di quelli che ci ha fornito la galleria di Gualtieri: clientela, artisti, collaboratori, conoscenze varie.

Dal suo tono il procuratore capì che Ardenti non era molto convinto che quella ricerca avrebbe avuto esito positivo.

– Ancora nessun testimone. Dobbiamo scavare più a fondo nel passato di entrambe le vittime, fra le loro frequentazioni, andare indietro di almeno dieci anni, scoprire cosa le legava – commentò Morello.

– Le vittime non sono state scelte a caso. Con ogni probabilità abbiamo a che fare con un killer seriale, come ha ipotizzato Baroni. Ma che sia uno psicopatico convinto di avere una missione da compiere o che ci fosse un conto in sospeso con loro due poco cambia. Dobbiamo scoprire il legame fra Gualtieri, Vinciguerra e l'assassino. Qualcuno che odiava profondamente le due vittime, tanto da volerle punire in modo così atroce e spettacolare. Qualcuno legato molto probabilmente a quell'ambiente. Il movente senza dubbio non è economico. Mi sa piuttosto di vendetta, di punizione... umiliazione.

– Bisognerà allora indagare sul periodo che Gualtieri ha passato negli Stati Uniti – precisò Ardenti, – perché fino a cinque anni fa viveva a Los Angeles. Sarà difficile, a meno che non chiediamo aiuto ai colleghi dell'FBI.

– Dottore, è ancora valida l'offerta di un caffè? – si intromise Baroni.

– Certamente.

Morello fece portare tre caffè, e quella breve interruzione fu in effetti utile a tutti per schiarirsi le idee.

– Forse ho capito il significato dello scopino – riprese l'ispettore. Raccontò loro dell'incontro che aveva avuto con il professor Apostoli e alla possibilità che quell'oggetto potesse alludere alla fine di un ciclo dell'arte contemporanea.

Morello e il commissario lo ascoltarono con attenzione.

– Questo potrebbe spiegare il significato dello scopino – commentò il sostituto procuratore. – Ma non può essere sicuramente il movente principale. Lo considererei piuttosto la sua firma. Che dire poi dello scorticamento? Sembrerebbe una punizione.

– Avete notato dove l'assassino ha posato la pelle della faccia? – Baroni riprese la foto in cui quel particolare risultava più evidente e la spinse al centro della scrivania. – Sulle setole dello scopino. Credo volutamente.

Morello studiò la foto e la ripose sul tavolo. Poi la guardò anche Ardenti, questa volta con maggiore attenzione.

– Quindi anche questo sarebbe un messaggio, secondo lei?

– Nelle intenzioni dell'assassino sicuramente sì. Qual è la funzione di uno scopino, in un gabinetto?

– Ho capito dove vuole arrivare. Ma allora per Gualtieri lo scopino aveva un significato diverso?

– No. Il messaggio rimane lo stesso, e sono convinto che quello che ha ipotizzato il professor Apostoli sia giusto, cioè una critica o una condanna dell'arte contemporanea, che è iniziata e finita con un gabinetto. Ma nel caso del delitto di Firenze ci ha aggiunto un significato in più. Le due cose non sono in contraddizione. E ora che mi ci fa pensare, anche i tagli agli angoli della bocca inferti a Gualtieri mi ricordano che, durante la mia visita alla sua galleria di Milano, tutti confermavano che lui era una persona solare, sempre sorridente.

– Della serie: uno aveva una faccia di merda e l'altro rideva a sproposito?

– In un certo senso, sì.

Morello sembrò un poco perplesso. – Può anche darsi. Ma procediamo con ordine. La priorità assoluta è ora capire chi potesse avere motivi di profondo risentimento, odio o vendetta nei loro confronti. E per aver conciato così orrendamente le vittime deve trattarsi di un odio viscerale. Mi coordinerò con i colleghi di Firenze e per quanto riguarda Vinciguerra ci affideremo a loro. Noi ora concentriamoci sulla vita di Gualtieri, chi lo ha ucciso lo conosceva bene, questo è certo. Fate ricontrollare i tabulati telefonici del suo cellulare degli ultimi cinque anni, comprese le sue e-mail. Voglio sapere tutto di lui, anche del suo periodo prima del trasferimento negli Stati Uniti.

Il procuratore fece una pausa e indicò la cartelletta contenente le foto. – Commissario... dobbiamo prenderlo, a tutti i costi.

Morello fissò il commissario negli occhi e Ardenti annuì. – Lo prenderemo, dottore. In un modo o nell'altro, come direbbe Baroni.

Voleva essere una battuta. Nessuno rise, e il significato fu chiaro a tutti i presenti.

Usciti dalla Procura, il commissario e Baroni fecero per congedarsi, ma Ardenti non se la sentiva di rientrare subito a casa.

– Vai da Anna?

– No, non immediatamente. Prima farò quattro passi e mi berrò una birra, devo distrarmi. Non posso andare a casa con questo orrore in testa – rispose Baroni.

– Lo stesso vale per me. Dove vai?

– Al Soho, lo conosci?

– Penso di sì. È dove hanno arrestato quei due spacciatori rumeni, giusto?

– Proprio quello... – confermò l'ispettore con un sorriso imbarazzato.

– Non c'è di meglio in giro?

– Sicuramente, ma quella è la mia abituale camera di compensazione, ci ho fatto l'abitudine ormai.

– Vuoi rimanere solo o ti va se mi aggrego?

– Assolutamente, anzi, mi farebbe piacere.

– Ti raggiungo là. Devo prima fare un salto in Questura, roba di pochi minuti. Ci vediamo al Soho.

– Perfetto.

Los Angeles, undici anni prima

La festa si stava rivelando un grande successo. Tutti gli invitati si congratularono con lui e uno stuolo di paparazzi inondava di flash le celebrità man mano che entravano nella nuova galleria d'arte inaugurata da Girolamo sulla Brighton Way, una traversa della famosa Rodeo Drive.

Festeggiava il suo terzo anniversario dell'apertura, ma quello era solo un pretesto. Ogni occasione era buona per farsi pubblicità, e sapendo che una delle coppie di attori più in vista di Hollywood sarebbe andata a visitare la galleria quel giorno, Girolamo pensò bene di trasformare la visita in un evento.

La giovane coppia mantenne la promessa e arrivò puntuale. Girolamo li ricevette all'ingresso e si fece fotografare insieme a loro per diversi minuti. Quello fu uno dei giorni più belli della sua vita.

Grazie a un suo amico, era venuto a sapere che i due divi di Hollywood erano alla ricerca di un determinato quadro di Pollock, uno dei più importanti artisti americani del dopoguerra, i cui quadri si quotavano a cifre a cinque-sei zeri. Lui riuscì a recuperarlo e a venderglielo a un ottimo prezzo. Non ci guadagnò praticamente nulla, ma si fece promettere che sarebbero venuti alla sua festa prima di ritirarlo. Tenne esposto il quadro nel salone principale della galleria per qualche settimana insieme ad alcune altre opere di artisti affermati. Quelli erano gli specchietti per le allodole, difficili da vendere e che solo qualche miliardario poteva permettersi.

I soldi veri la galleria li faceva piuttosto con le

opere dei suoi cosiddetti artisti emergenti, che teneva appese accanto ai quadri dei pittori affermati. L'intento era quello di indurre la clientela sprovveduta a credere che si trattasse di artisti che prima o poi sarebbero diventati i nuovi Pollock.

Girolamo Gualtieri si godeva ogni attimo di quella serata. Era praticamente la sua definitiva consacrazione nell'ambiente artistico che contava davvero e che lo distingueva finalmente dal variopinto sottobosco di commercianti d'arte di second'ordine che pullulavano a Los Angeles.

Finita la serata, si concesse una pausa e si ritirò in ufficio. Si rilassò sulla sua iconica poltrona Frau modello 1919, che aveva fatto la storia dell'arredamento d'interni e che gli era stata regalata da un caro amico.

Socchiuse gli occhi e assaporò quel momento di gloria. Per la seconda volta nella sua vita ce l'aveva fatta. Ripensando alla sua rocambolesca gioventù, si rese conto che gli era andata molto bene. Avrebbe potuto benissimo finire miseramente, invece sapeva di essere in debito con la sorte, e man mano che si presentava l'occasione non si tirava mai indietro per saldare in parte il suo conto. Per questo motivo, quando seppe del suicidio del suo ex socio, Michele Brambilla, il suo pensiero andò subito ai due giovani figli: Luca, di quindici anni, e Letizia, di undici.

La notizia lo aveva sconvolto e per qualche attimo si sentì in colpa. Non che avesse in qualche modo contribuito alla sua morte, ma aveva sempre saputo che Michelino – così lo chiamavano gli amici – non sarebbe mai riuscito a mantenere in piedi un business così particolare. Aveva una visione troppo aziendalistica, da puro commerciante. Non aveva capito che il valore di quella merce era virtuale e che non si trattava di vendere quadri e sculture bensì emozioni e speranze, soprattutto quella che il loro valore crescesse nel tempo, possibilmente in modo esponenziale.

All'epoca lo aveva anche messo in guardia, spiegandogli che per una congrua percentuale sui profitti sarebbe anche stato disponibile a rimanere per qualche anno, come consulente o come amministratore. Ma il suo ex socio, figlio di un professore di liceo e laureato in Economia, era inebriato dai numeri che la galleria milanese stava macinando da diversi anni e gli fece una proposta che Girolamo non poteva rifiutare, indebitandosi fino al collo. Lui accettò e si trasferì negli Stati Uniti, ma proprio quell'anno segnò una battuta d'arresto anche per il mercato internazionale dell'arte contemporanea. I prezzi nelle principali aste mondiali crollarono e per il suo ex socio, Michele Adolfo Brambilla, gli affari non andarono come aveva previsto.

Oltre al trend negativo che aveva colpito l'economia mondiale e il mercato dell'arte contemporanea, Michele dovette constatare, suo malgrado, quanto la clientela fosse legata alla persona di Gualtieri, un particolare che aveva molto sottovalutato. E, ancora peggio, le quotazioni degli artisti gestiti dalla galleria iniziarono inspiegabilmente a calare nell'arco di pochi anni. Persino quelli all'inizio osannati dai critici finirono pian piano nel dimenticatoio. Michele assistette a quel tracollo senza alcuna possibilità di contrastarlo.

Le vendite diminuirono sensibilmente e diversi clienti iniziarono a chiedere la permuta delle opere acquistate, una possibilità che la galleria aveva sempre garantito ma di cui all'epoca di Gualtieri nessuno si era mai sognato di avvalersi, o addirittura esigere con tanto di lettera dell'avvocato. Cinque anni dopo Michele Brambilla non riuscì più a pagare nemmeno l'affitto dei locali e dovette chiudere la galleria. Le banche fecero il resto.

Girolamo venne a sapere delle traversie e del suicidio del suo socio solo diversi mesi dopo il fatto, tramite un conoscente comune con cui era rimasto in contatto.

Non conobbe mai i figli di Michele, ma solo la loro madre e, tutto sommato, era stato un bene per loro che lei avesse divorziato e se ne fosse tornata a Cuba. Era un'alcolizzata cronica, in un permanente stato di depressione. Il fatto che veramente toccò le corde più sensibili dell'animo di Girolamo non fu tanto il suicidio dell'ex socio, bensì la sorte dei ragazzi. Stando al racconto del suo conoscente, fu Letizia a trovare il padre impiccato nel garage. Lo shock le aveva provocato una rara forma di mutismo selettivo, per cui non pronunciò più una sola parola, mentre il fratello non finì le scuole e cominciò a drogarsi.

Ora che aveva raggiunto il successo, Girolamo sentiva il bisogno di sdebitarsi con la sorte, quella dea sconosciuta che decideva il destino di ciascun individuo, seguendo bizzarre logiche che gli umani non possono assolutamente spiegarsi. Non era superstizioso e non aveva nemmeno problemi con la sua coscienza; era tuttavia convinto che prima o poi sarebbe arrivato il momento del giudizio finale, e non voleva arrivarci a mani vuote.

Fece quindi contattare il padre di Michele da un suo collaboratore per informarlo che una fondazione

americana aveva preso a cuore la vicenda e voleva
farsi carico del sostentamento e dell'educazione dei
suoi nipoti. Gli mandò un assegno di duecentomila
dollari, una somma molto più che dignitosa. Ma
volle rimanere anonimo, tanto che la società che
emise l'assegno non rispose più alle chiamate e alle
lettere di ringraziamento del nonno, che non ebbe
mai modo di conoscere il benefattore.

"Di più non posso fare, Michele. Addio" si commiatò Girolamo.

Fu l'ultima volta che Gualtieri pronunciò il suo
nome.

Abitazione del professor Antonio Brambilla,
provincia di Milano

– Voglio gnocchi col pomodoro.

Il pranzo della domenica era l'unico momento della settimana in cui riusciva a riunirsi tutta la famiglia. Quel giorno a tavola erano in dodici. Dopo il suicidio del figlio Michele, tre anni prima, nessuno dei familiari mancava a quell'appuntamento a casa del professor Brambilla, nessuno eccetto il nipote Luca.

In quelle occasioni, spesso chiassose, nipoti e pronipoti si sbizzarrivano nel chiedere le loro pietanze favorite, sapendo che la nonna li avrebbe accontentati.

Ma quella domenica, quando sentirono una simile richiesta, tutti a tavola si girarono verso Letizia e rimasero ammutoliti, come se avessero visto un fantasma. Un silenzio tombale calò d'improvviso nella sala da pranzo. Dopo qualche istante il nonno, con espressione stupita, si chinò verso la nipote quattordicenne e prese la parola. – Cos'hai detto, tesoro?

– Ho detto che voglio gnocchi col pomodoro! – ripeté lei, questa volta con un tono più assertivo.

Tutti i presenti si guardarono sorpresi per qualche istante. Poi, in un crescendo di entusiasmo, il nonno emozionato abbracciò la nipote, esclamando: – Ha parlato... Ha parlato!

A tavola esplose una gioia irrefrenabile. I commensali si alzarono e corsero verso la ragazza, abbracciandola e baciandola. Nessuno fece caso al fatto che non le erano mai piaciuti gli gnocchi al pomodoro. Li aveva sempre detestati. In quel frangente la gioia per quell'inattesa novità aveva rimpiazzato qualsiasi altra considerazione.

Erano tre anni che Letizia non proferiva parola, anche se, in realtà, parlava con se stessa di nascosto o quando era sola. La vista del padre appeso a una fune aveva provocato in lei un trauma insanabile e da quel giorno aveva smesso di parlare con il mondo. Per i medici era un tipico meccanismo difensivo, una forma di mutismo selettivo che cercarono di curare con un piano di terapie cognitive e comportamentali previste per quei casi. Le costose terapie sembrava non fossero servite a nulla, almeno fino a quel giorno. Ma nessuno si accorse che quel meccanismo difensivo si stava gradualmente volgendo in un disturbo dissociativo dell'identità.

Quando riprese a parlare, Letizia sembrava avere finalmente rimosso il trauma: ricominciò a condurre una vita apparentemente serena e mostrò pure un'intelligenza al di sopra della media. Ma nella sua mente si era generato un alter ego che si era preso carico del trauma e manteneva vivi nel ricordo sia l'amore incondizionato per il padre sia lo shock per la sua tragica morte.

Le due personalità coesistevano e cominciarono a controllare la ragazza in modo alterno, ma quella traumatizzata manifestò sin da subito tratti caratteriali del tutto opposti a quelli della mite Letizia. Il repentino cambiamento delle preferenze alimentari della ragazza era un tipico sintomo di questo sdoppiamento d'identità. Ma nessuno dei familiari poteva saperlo.

La svolta di riprendere a dialogare con altre persone non fu dovuta alle costose terapie cui Letizia si sottoponeva due volte alla settimana, ma piuttosto a un film coreano che aveva visto in televisione la sera prima. Era la storia di una ragazza abusata in giovane età che a distanza di molti anni si vendicava in modo terribile.

Letizia ricominciò quindi a parlare per la gioia dei suoi familiari. Il suo alter ego aveva deciso che i tempi erano maturi per inserirsi in società.

Aveva avvertito Anna che avrebbe ritardato. Non le spiegò il motivo e lei si guardò dal chiederlo. Non poteva certo tornare subito a casa. Voleva prima disintossicarsi, per quanto possibile, dal turbamento che le immagini della scena del delitto gli avevano provocato. Quasi fosse materiale radioattivo che in qualche modo avrebbe potuto contaminare Anna. Non erano bastati dieci minuti di camminata fra la spensierata folla che a quell'ora si era radunata in centro per l'happy hour.

Si era fermato al Soho pub, un locale malfamato il cui unico pregio era quello di trovarsi in una traversa della via in cui abitava e di essere uno dei pochi in città che serviva birre inglesi alla spina. Lì non correva il rischio di incontrare conoscenti, o addirittura colleghi, se non qualcuno in servizio all'Antidroga. Per il commissario poteva fare un'eccezione, lo considerava ormai un amico.

Il pub era frequentato perlopiù da giovani studenti universitari e si era creato una fama equivoca per via di numerose segnalazioni alla Questura, non solo per disturbo della quiete pubblica, ma anche per lo spaccio di marijuana nelle immediate vicinanze.

Baroni prese posto al bancone e ordinò una pinta di birra.

Nelle intenzioni di Giacomo, il gestore, il locale doveva somigliare a un pub inglese. Sulle pareti campeggiavano poster dei Beatles, un ritratto della regina Elisabetta e della famiglia reale, uno di re Carlo, numerose insegne metalliche della Guinness e di altri birrifici d'oltremanica, nonché una grande bandiera del Regno Unito, la Union Jack.

Baroni osservò gli avventori: ragazzi e ragazze che si godevano la vita, le cui maggiori preoccupazioni erano probabilmente il pagamento dell'affitto, una delusione d'amore o il prossimo esame universitario. Chiuse gli occhi per qualche attimo. L'assordante chiasso di quel locale, accompagnato dalla musica che il barista dietro il bancone mixava come un disc jockey, facevano al caso suo, creavano l'atmosfera giusta per dimenticare per un attimo l'orrore con cui si sarebbe dovuto confrontare per le settimane o i mesi a venire.

Dopo un quarto d'ora l'ispettore finì la prima birra. Fece per ordinarne un'altra, quando vide Ardenti. Gli indicò lo sgabello libero accanto al suo. – Cosa bevi, Giuseppe?

– Quello che bevi tu, non importa.

Baroni fece segno al barista di farne due.

– Bel posticino – commentò il commissario guardandosi intorno. – Il barista lo sa che sei un poliziotto?

– Sì. Gli ho anche spiegato che quando mi vede deve assicurarsi, per il suo bene, che non succedano cose strane nel bar o nella toilette.

– Ottimo.

Giacomo servì le due pinte alla spina, aggiungendo che offriva la casa.

– Non l'aveva mai fatto prima! – esclamò Baroni stupito. – Giuseppe, lo hai intimorito... – scherzò.

– Non credo, se non è stupido avrà capito che siamo colleghi. Alla tua, Franco.

– Alla nostra!

I due brindarono; seguì un momento di silenzio. Entrambi sapevano che non sarebbero bastate alcune birre per cancellare quelle immagini dalla loro mente.

– È la vita che abbiamo scelto, Franco.

– Non lo so. A volte penso che sia stata la vita a scegliere noi. Non è da tutti lasciarsi coinvolgere emotivamente in orrori simili. Vorrei poter staccare la spina quando vado a casa, ma non ci riesco. So già che penserò a questi omicidi ogni momento della giornata e che non mi darò pace fino a quando non avremo chiuso il caso.

– Lo stesso vale per me, purtroppo o per fortuna. Purtroppo per noi e per fortuna della collettività. Viviamo nella speranza di poter dare sicurezza a questa comunità.

– Hai ragione.

I due brindarono nuovamente, e Ardenti guardò ancora la clientela del locale. – Non mi sembra poi così mal frequentato, sembrano tutti studenti, gente normale.

– Lo spaccio avviene fuori dal locale. Ho già avvertito il barista: se quegli spacciatori mettono anche solo un piede nel pub, rischia di chiudere.

Ardenti annuì.

– A proposito, Giuseppe. Vorrei conoscere un po' meglio l'ambiente artistico in cui operava Gualtieri, come funzionavano i suoi affari...

Il commissario lo interruppe con un gesto. – Hai cominciato tu, Franco! Io non volevo parlare di lavoro...

– Sì, lo so, ma già che ci siamo...

– Dimmi.

– Dicevo che vorrei sapere qualcosa di più sull'ambiente in cui operava Gualtieri, il mercato dell'arte contemporanea. Potrebbe servirci per capire le sue relazioni. Che ne pensi?

– Potrebbe essere utile, concordo.

– Come procedono gli altri?

– Lucibello sta creando un data base con tutti i nominativi e gli indirizzi delle persone che hanno telefonato a Gualtieri, o che ha chiamato lui, negli ultimi cinque anni, da quando è tornato in Italia. A questi aggiungeremo anche tutti i clienti della galleria, nonché consulenti, collaboratori, fornitori, artisti ecc. Non sarà un elenco infinito, perché ha aperto la nuova galleria solo quattro anni fa. Poi incroceremo quei dati con i vari sospettati che emergeranno durante l'inchiesta, a cominciare da chi risulta aver lasciato la città la notte dell'omicidio. Metteremo quel data base a disposizione anche degli inquirenti fiorentini per verificare se Gualtieri e Vinciguerra avevano conoscenze in comune. Per quanto pazzo possa essere questo assassino, concordo con Morello: non ha scelto le sue vittime a caso, molto probabilmente le conosceva o aveva comunque qualche conto in sospeso con loro. Nel caso di Gualtieri, poi, doveva sicuramente conoscerlo bene, sapeva della governante e conosceva la sua abitudine di ricevere gente la sera.

– E gli amanti?

– Calderoni e Di Maggio li hanno già interrogati. Hanno alibi di ferro. Ma stiamo parlando solo dei tre che frequentava nell'ultimo periodo. Sicuramente ne avrà avuti altri prima, questo lo scopriremo. Comunque con l'omicidio di Vinciguerra la pista passionale non ha più senso, ha ragione il procuratore.

Baroni annuì, poi guardò l'orologio. – Caspita! Sto facendo tardi. Anna mi sta aspettando per la cena.

Ardenti controllò a sua volta l'ora e finì la sua birra. – Hai ragione, anch'io sono in ritardo.

I due si alzarono e il barista li salutò rispettosamente, facendo cenno che non dovevano pagare.

Usciti dal locale, Baroni ringraziò il suo capo per la compagnia e si congedò. Incamminandosi verso casa, dopo pochi passi sentì alle sue spalle una voce familiare. – Commendatore!

L'ispettore la riconobbe subito e si voltò per ricambiare il saluto. Era Francesco, un anziano senzatetto divenuto nel corso degli anni il beniamino del quartiere.

– Cavaliere, come sta?

A differenza di molti altri clochard, Francesco non infastidiva i passanti e si rendeva sempre utile al prossimo: aiutava le signore a portare a casa la spesa, raccoglieva le feci dei cani per non far prendere la multa ai proprietari, si improvvisava posteggiatore e spesso aiutava a tenere pulite le strade raccogliendo mozziconi e rifiuti di ogni genere. Viveva delle piccole mance che riceveva, ma non le sollecitava mai e questo lo aveva reso simpatico a tutti. Per guadagnarsi l'appellativo di "commendatore", probabilmente Baroni era il suo benefattore più generoso e l'ispettore ricambiava sempre con un titolo altrettanto altisonante come "cavaliere". Anche le due battute che seguivano tra loro erano ormai una routine consolidata.

– Mi raccomando, Francesco.

– È tutto sotto controllo, commendatore.

L'ispettore estrasse dal portafoglio una banconota da cinque euro e gliela porse sorridendo. Poi riprese la via di casa.

Università degli Studi, Milano

– Ispettore, lei deve partire dall'idea che le gallerie d'arte sono attività commerciali, tipo una gioielleria o un negozio di giocattoli! Seguono logiche completamente diverse da quelle di un museo, di una fondazione culturale o di un ente pubblico, soprattutto se si tratta di arte contemporanea.

La dottoressa Merola stava passeggiando con Baroni nel chiostro del Richini, il Cortile d'onore della Ca' Granda, che ospita l'Università statale di Milano. Gli aveva dato appuntamento lì grazie all'intermediazione del professor Apostoli.

– La prima divisione di cui tenere conto nel mondo dell'arte contemporanea è quella fra il settore commerciale e quello del non profit. Il primo ha come unico scopo il guadagno, il secondo ha una funzione divulgativa, didattica, di conservazione, di ricerca e promozione delle nuove tendenze artistiche. Sono due mondi diversi, separati, ed è bene tenere presente questa distinzione.

Baroni l'ascoltava con interesse. Sperava solo che l'allieva fosse meno prolissa del suo professore.

– L'arte contemporanea è poi un settore molto variegato in cui la differenza fra un grande artista e un incompetente è molto sottile, perché non contano più la perizia, la maestria, la bellezza dell'opera, bensì l'idea, il concetto che vuole trasmettere, l'emozione che riesce a suscitare. Questo vale sia in ambito pittorico sia scultoreo e a maggior ragione se si parla di installazioni o performance. Che Rubens, Rembrandt, Velázquez o Raffaello fossero grandi artisti è ed era evidente a tutti, sia all'epoca in cui opera-

111

vano sia oggi, non c'era bisogno che qualcuno lo attestasse o che spiegasse perché le loro opere fossero dei capolavori. I loro dipinti appagano l'animo, suscitano ammirazione e compiacimento, non è necessario interpretarli. Ma ai giorni nostri, per legittimare come grande artista uno che versa sangue su una tela o che la riempie all'impazzata di pennellate e schizzi di vernice, ci deve essere qualcuno di autorevole che lo certifichi, che lo legittimi come tale e che ne spieghi il significato. Questo è il compito dei critici d'arte, dei direttori di musei, dei curatori delle grandi mostre e delle rassegne internazionali d'arte, dei direttori delle riviste specializzate. Sono loro i grandi sacerdoti che oggi decidono se uno scarabocchio è un'opera d'arte contemporanea o solo uno scarabocchio, se una scatola per scarpe vuota appoggiata per terra è un capolavoro o una presa in giro.

La dottoressa notò che Baroni aveva un'espressione perplessa.

– Guardi che è accaduto davvero. Alla Biennale di Venezia, nel Novantatré. Un artista messicano, Gabriel Orozco, presentò come opera una comune scatola da scarpe, vuota, appoggiata sul parquet. Riscosse un grande successo: tutti ad applaudire e a congratularsi per la genialità della sua idea. Un critico d'arte di fama mondiale lo definì come uno dei più autorevoli artisti di arte contemporanea di quel decennio. Oggi quella scatola fa parte della collezione del MoMA di New York, tra i più importanti musei d'arte contemporanea al mondo.

L'ispettore guardò la dottoressa per assicurarsi che non lo stesse prendendo in giro, e lei lo rassicurò. – Non sto scherzando! Per dare un senso a quell'opera chiaramente bisognava spiegarla e interpretarla con intellettualismi e concetti metafisici. Qualcuno scrisse che mostrando oggetti di uso comune l'artista voleva creare una relazione con il pubblico, stimolare la sua immaginazione e spingerlo all'introspezione, all'esplorazione dell'anima e così via. Se per caso quella scatola di scarpe l'avesse dimenticata là un visitatore, a nessuno sarebbe venuto in mente di celebrarla come un'opera d'arte. Capisce dove sta l'inghippo?! Qualsiasi fesseria può essere spacciata per arte contemporanea: contano il contesto, l'autore e l'interpretazione che ne danno i nuovi sacerdoti dell'arte.

La dottoressa fece un'impercettibile smorfia, guardò Baroni e aggiunse: – Per me quella scatola rappresenta, piuttosto, il vuoto concettuale che ha raggiunto l'arte contemporanea, non emoziona più.

I due camminarono per qualche istante senza dire una parola. A un tratto lei si mise a ridere. – Ma il professore le ha raccontato l'episodio dell'estintore?

– No... C'entra qualcosa con il mercato dell'arte?

– No, non direttamente, ma per completezza devo raccontarglielo. Il professor Apostoli all'epoca insegnava all'università ed era stato chiamato in occasione di un'importante fiera d'arte contemporanea per fare un breve intervento su un famoso pittore locale, del quale si celebrava il bicentenario della morte. Non ricordo più chi fosse, ma poco importa. Fatto sta che, passeggiando fra gli spazi della mostra, si fermò davanti a un estintore appeso a una parete e cominciò a osservarlo. Era un normale estintore, messo lì in caso d'incendio. Ebbene, nell'arco di pochi minuti alcuni visitatori, probabilmente memori della scatola da scarpe di Orozco, si unirono a lui, tutti intenti a fissare l'estintore. A quel punto il professore cominciò a disquisire ad alta voce sul significato di quell'opera, e man mano che proseguiva con la spiegazione si aggiungevano sempre più persone. Spiegò che quell'opera rappresentava «un'evoluzione del pensiero di Duchamp», in quanto il manufatto non era stato firmato ed etichettato e che per decodificarne il significato bisognava «liberarsi dagli ostacoli cognitivi autoimposti».

La dottoressa riuscì a malapena a trattenere una risata.

– Il professore continuò a spiegare il presunto significato di quell'estintore per una decina di minuti mentre la folla di curiosi intorno a lui si faceva sempre più numerosa. Lui è bravissimo a usare concetti e paroloni senza senso e quindi incoraggiava a «liberare la propria conoscenza del mondo dagli schemi prestabiliti e defunzionalizzare, estraniare quell'oggetto dal suo uso comune, quello di spegnere un incendio, e riclassificarlo in chiave artistica, immetterlo in un campo di intensità metafisica, per dargli un nuovo significato ignorando ogni principio di autorità».

La dottoressa citò a memoria alcuni dei ridicoli sofismi senza senso che il beffardo professore aveva utilizzato durante quello sproloquio. Era evidente che entrambi si erano divertiti più di una volta a raccontare quell'episodio ad amici e conoscenti.

– L'opera andava quindi reinterpretata dal punto di vista minimalista e concettuale dell'artista anonimo che l'aveva esposta – proseguì la dottoressa gesticolando, quasi stesse recitando una commedia – come un «appello a ribellarsi all'omologazione culturale, come una denuncia del consumismo sfrenato e del livellamento estetico che riduce l'arte a una strategia di marketing che spegne ogni forma di dissenso e di deviazione dal mainstream culturale». E così via. Ebbene – concluse, – mentre quella piccola folla rimase lì ad ammirare l'estintore, il professore si dileguò ridacchiando. Dovettero intervenire il curatore della mostra in persona e gli addetti alla sicurezza per chiarire l'equivoco e disperdere il pubblico. Poi rimossero l'estintore e lo nascosero dietro una parete.

La dottoressa rise come una bambina. – Avrei tanto voluto esserci...

– Lei quindi la pensa come il professore? Che si sta concludendo un ciclo?

– Guardi, ispettore, si può sicuramente riconoscere dignità artistica a quei movimenti culturali e a quelle correnti che hanno rivoluzionato l'arte nel secondo dopoguerra, specie dagli anni Cinquanta agli anni Ottanta, in quanto rispecchiavano un epocale mutamento della società. Ma l'arte contemporanea non è rimasta al passo coi tempi: oggi viviamo nell'era digitale, dell'intelligenza artificiale, dei social media. I grandi temi che dominano il mondo sono cambiati, mentre l'arte contemporanea si è ridotta a una mera ripetizione e autocelebrazione di cose già viste e ritrite, a un'operazione di marketing. Ormai ha stufato: è come se al prossimo festival di Sanremo riproponessero come novità le vecchie glorie degli anni Settanta. Erano favolosi, sono piaciuti a tutti ed erano bravissimi, però oggi non sono più proponibili come novità.

A Baroni quel paragone chiarì le idee e annuì. La dottoressa lo considerò come un invito a continuare la spiegazione. – È una bolla destinata a scoppiare, secondo me. Sarà la storia a giudicare... Comunque, per tornare alla sua domanda iniziale... Molti investitori e privati avevano cominciato a interessarsi all'arte contemporanea con intenti speculativi dopo che alcune opere avevano raggiunto cifre stratosferiche nelle aste internazionali; stiamo parlando degli anni Ottanta-Novanta, quando la pop art raggiunse il suo culmine negli Stati Uniti. A ogni asta le quotazioni di quelle opere crescevano, il pubblico cominciò ad apprezzare gli artisti e si creò così un ricco sottobosco di gallerie che sfruttarono quel momento d'oro, proponendo opere di emergenti. Molti privati speravano di acquistare l'opera del prossimo Andy Warhol o del prossimo De Chirico e di decuplicare il loro investimento. E qui subentrava la bravura del gallerista, che è un mercante. Non tutti, per carità, però molti convincevano o lasciavano intendere alla clientela che i loro artisti prima o poi sarebbero diventati famosi e che stavano spendendo bene i propri soldi.

– L'arte come forma di investimento... – commentò Baroni.

– Succedeva spesso che artisti passati inosservati per anni a un certo punto venissero rivalutati e celebrati come geni. Lei pensi che la prima personale di Giorgio de Chirico, che fece in una galleria di via Condotti a Roma, raccolse anche critiche negative. Poi conobbe il successo. Oggi è considerato uno dei più importanti pittori del Novecento e le sue opere si vendono a centinaia di migliaia di euro. Per questo il mercato dell'arte contemporanea si è espanso in modo così veloce. Ci sono chiaramente diverse fasce di mercato... Ora stiamo parlando delle gallerie di livello medio-basso. Quelle di fascia alta si occupano invece soprattutto di artisti affermati, di fama internazionale. Sono le gioiellerie, per capirci. I loro clienti sono i collezionisti più ricchi, le fondazioni bancarie, le grandi aziende, a volte persino i musei.

– E come si fa a capire qual è il vero valore commerciale di un'opera o di un artista?

– I professionisti sono in grado di stimarlo da sé, sulla base della notorietà dell'artista o dell'originalità dell'opera. Ai profani, invece, consiglio sempre di verificare le aggiudicazioni nelle principali case d'asta, nazionali e internazionali. È un buon indicatore: solitamente le pubblicano sui loro siti online. Se un artista non viene trattato in quel circuito, può star tranquillo che il suo valore di mercato non è alto. Va da sé che il valore di un'opera varia anche a seconda del periodo in cui è stata realizzata, delle sue dimensioni, dello stato di conservazione, o di quante volte è apparsa su pubblicazioni o riviste specializzate, eventuali esposizioni in mostre collettive e di altri parametri matematici che non le sto a spiegare per non annoiarla.

La dottoressa Merola fece una pausa per poi domandare: – Come mai questo interesse per il mercato dell'arte contemporanea? Il professor Apostoli mi ha detto che è per un'indagine in corso. Si tratta dell'omicidio di Gualtieri?

Baroni la guardò stupito e lei abbozzò un sorriso. – Ispettore, non bisogna essere Sherlock Holmes per giungere a questa conclusione. Lei è della Questura di Mantova e Gualtieri era un noto gallerista, ucciso nella sua abitazione a Mantova.

Lui rimase per un attimo indeciso, poi si rese conto che non aveva senso negare l'evidenza. – Ha ragione. Posso chiamarla dottoressa Watson?

Lei abbozzò un sorriso di circostanza.

I due continuarono la loro passeggiata nel chiostro e l'ispettore le spiegò che come inquirenti avevano difficoltà a capire il business e l'ambiente della vittima, per questo si erano rivolti prima al professore e poi a lei.

– La pregherei comunque di mantenere questa conversazione confidenziale. Mi ha aiutato molto e le sono grato. Avrei ancora un'ultima curiosità. Come fa un gallerista della fascia medio-bassa a convincere i suoi clienti che un artista della sua scuderia emergerà e quindi riuscire a vendere i suoi quadri a caro prezzo?

– Si inizia a "pompare" l'artista, come diciamo in gergo. Gli si organizzano mostre, si pubblicano cataloghi delle sue opere ma, soprattutto, si commissionano recensioni benevole. Diversi critici d'arte, dietro un adeguato compenso, sanno diventare molto creativi nel commentare positivamente un'opera o un artista. Sono praticamente dei pubblicitari. È un'operazione di marketing. Poi, come dicevo, subentra anche la bravura del gallerista, che è un mercante d'arte, però anche un uomo di pubbliche relazioni, un abile affabulatore. Grazie alle sue conoscenze promuove l'artista nei posti giusti, presso i collezionisti, la stampa, la clientela facoltosa, i curatori di fiere, i consulenti e i critici d'arte e così via. Solitamente concorda con l'artista un'esclusiva per la vendita dei suoi quadri. È lui che tiene alte le quotazioni dei suoi artisti.

– Capisco – la interruppe Baroni. – E Gualtieri era bravo in questo? Lo conosceva personalmente?

– Sì, lo conoscevo. Era un ottimo commerciante, molto bravo nel promuovere gli artisti della sua scuderia. Tant'è che, senza di lui, la sua prima galleria a Milano fallì dopo pochi anni. Una brutta storia. La conosce già, immagino...

– Non credo... – Baroni non riuscì a mascherare il proprio stupore. – Mi racconti, per cortesia.

– Prima di trasferirsi negli Stati Uniti, Gualtieri vendette le proprie quote al socio milanese per una cifra stratosferica. Quella galleria fallì dopo pochi anni e il suo ex socio si suicidò.

L'ispettore rimase ammutolito.

– Il suo ex socio non aveva capito come funzionava quel mondo. Lui si occupava principalmente degli aspetti contabili, aveva una visione troppo aziendalistica. Senza Gualtieri e la sua rete di conoscenze, la clientela cominciò a scarseggiare e le quotazioni dei suoi artisti dopo un po' iniziarono a calare... Era inevitabile. Non appena escono dal giro del loro gallerista di riferimento questi artisti pompati finiscono quasi tutti nel dimenticatoio. Si salvano solo in pochi, quelli veramente bravi, e questi se li contendono poi tutte le gallerie.

Baroni a quel punto ebbe un'intuizione. – Scusi se la interrompo.

– Prego.

– Lei conosceva il professor Vinciguerra?

La dottoressa Merola si fermò e abbassò gli occhi. Baroni si accorse che quella domanda l'aveva scossa e rimase in silenzio. – Era un mio ex collega. Una brava persona...

S'interruppe e Baroni capì che ci sarebbe stato un "però" e la sollecitò delicatamente a continuare. – Però...

Lei lo guardò, esitante. Era incerta se continuare e rischiare d'infangare la memoria del suo conoscente. Volse lo sguardo verso un punto imprecisato del cortile e decise di finire la frase. – A un certo punto della sua vita si stufò dello stipendio che gli pagava l'università a Firenze e cominciò a lavorare come consulente e critico d'arte nel settore privato.

Rimase in silenzio per qualche secondo. Era evidentemente in difficoltà, il ricordo dell'ex collega doveva essere ancora vivo nella sua memoria.

– Godeva già di una certa reputazione nell'ambiente, in quanto aveva curato in passato diverse mostre per il Comune e per i musei locali, ma chiaramente... lavorare nel privato era molto più remunerativo. Iniziò a collaborare con varie case editrici e gallerie come consulente e critico d'arte. Anche per Gualtieri...

Baroni si prese qualche attimo di tempo per analizzare tutte le informazioni e cominciò a realizzare l'intreccio che legava le due vittime. – Mi lasci indovinare, dottoressa. Il suo ex collega aiutava Gualtieri a pompare i suoi artisti?

Lei non rispose. Volse nuovamente lo sguardo verso il cortile del chiostro e rimase così per qualche secondo. Poi guardò negli occhi Baroni e senza dire una parola gli porse la mano per fargli capire che l'incontro era finito. – Mi ha fatto piacere conoscerla, ispettore.

Lui capì, le strinse la mano e la ringraziò.

Provincia di Bergamo, due mesi prima

– Come "zero"? Cosa significa? È uno scherzo?!

Fabrizio Gozzi, responsabile di zona dell'assicurazione Bèrghem Insurance, era più che imbarazzato. Gino Bertazzi, cavaliere del lavoro e titolare della Bertazzi Carni S.p.a., era uno dei suoi maggiori clienti e lui non riusciva a trovare le parole per spiegargli che non poteva assicurare la sua collezione di quadri, perlomeno non per il valore che aveva in mente il suo cliente: duecentomila euro.

– Sono mortificato, cavaliere. Anch'io sono sorpreso... Probabilmente il nostro perito, come dire... non è abbastanza esperto in materia di arte contemporanea. È l'unica spiegazione che riesco a darmi.

– E allora faccia venire un altro perito! Non è mica colpa mia se avete dei consulenti ignoranti! – ribatté Bertazzi che, ormai alterato, alzò la voce e sbatté sul tavolo la perizia dove in fondo alla pagina, alla voce "valore stimato", faceva bella mostra di sé uno zero. – Ho speso un patrimonio per questi quadri – urlò in faccia a Gozzi. – Voglio assicurarli e voglio che lo faccia lei! Qui in azienda abbiamo sempre avuto un unico referente per le assicurazioni e non cambierò proprio ora!

Gozzi lo guardò con un'espressione contrita. Doveva farsi venire in mente qualche idea e in fretta. – Ha ragione, cavaliere. Facciamo come dice lei, chiamiamo un altro esperto, uno preparato. A noi è sufficiente che sia un professionista imparziale e riconosciuto, magari un perito del Tribunale. Che ne dice?

Bertazzi iniziò a calmarsi. L'idea di un esperto del Tribunale gli piaceva. Avrebbe di sicuro stimato più correttamente la sua collezione. A lui duecentomila euro parevano quasi pochi.

– Sì, sono d'accordo. Mi sembra giusto. Ci pensa lei?

– Chiamo subito il nostro avvocato e gli chiedo di farle avere la lista dei CTU del Tribunale di Milano, sono i consulenti tecnici d'ufficio di cui si avvalgono gli avvocati. Ne scelga uno lei e ci comunichi il nominativo, che noi poi lo incaricheremo di periziare la sua collezione.

– Bravo! Fra persone intelligenti ci si capisce subito, lo dico sempre. Per questo lei continuerà a rimanere l'assicuratore unico della Bertazzi Carni!

I due si salutarono e Gozzi uscì sollevato dall'ufficio del suo cliente. Anche a costo di pagare di tasca propria la parcella del CTU doveva in qualche modo trovare una soluzione per quel pasticcio e c'era forse riuscito.

Ma salendo in macchina gli tornarono in mente le parole del collega che aveva fatto la perizia. Lo conosceva bene e si fidava di lui. Era un esperto in materia e lavorava per l'assicurazione da decenni, non poteva sbagliarsi. – Fabrizio, non insistere per favore. Quei quadri sono delle croste senza alcun valore, non posso stimarli nemmeno cento euro. – Il perito aveva sfogliato più volte la cartella che aveva preparato Bertazzi con le foto, le autentiche e le recensioni. Erano allegati anche alcuni cataloghi in cui erano stati esposti i quadri, mostre organizzate dalla galleria in cui li aveva comprati. Gli restituì il faldone scuotendo la testa. – Ascolta, Fabrizio. Il tuo cliente ha acquistato solo robaccia. L'avrà anche pagata cara, ma è solo robaccia, non vale nulla. Non possiamo assicurare nulla. Digli di provare a vendere uno dei suoi quadri, se non ci crede, vedrà da sé quanto valgono. Sono trent'anni che faccio questo lavoro, fidati. Puoi chiedere a qualsiasi altro professionista serio, ti dirà esattamente quello che ti ho appena detto io. Mi dispiace per il tuo cliente.

Questo rendeva tutto più complicato.

Il cavalier Bertazzi guardò fuori dalla finestra e seguì con lo sguardo il suo assicuratore che attraversava il cortile e usciva dall'azienda. Scosse la testa con commiserazione. Aveva ragione Gualtieri: l'arte contemporanea non era per tutti, molti non la capivano.

Tre settimane dopo, la perizia del professore De Dosso, docente universitario di Storia dell'arte e consulente tecnico del Tribunale, era pronta. Il professore aveva telefonato a Gozzi chiedendogli la cortesia di passare a ritirarla personalmente, nel suo studio.

L'assicuratore lo accontentò, anche se quella richiesta era insolita e un po' lo infastidì.

"Vorrà farsi pagare in nero, senza fattura" pensò, mentre saliva le scale del palazzo in cui lo attendeva il docente. "Oppure farsi dare un extra per aggiustare la stima, non ci sono altre spiegazioni."

Gozzi si sbagliava. La ragione per cui il consulente del Tribunale, scelto da Bertazzi, lo aveva fatto scomodare era un'altra.

– Guardi, dottor Gozzi...

– Non sono dottore, sono ragioniere.

Il professore lo aveva fatto accomodare su una poltrona dello studio e si sedette in quella a fianco.

– Mi scusi, ragioniere. Le anticipo che non chiederò alcuna parcella per questa consulenza...

Gozzi sgranò gli occhi. Si sarebbe aspettato di

tutto, ma non questo. A quel punto era curioso di capire quale fosse il motivo dell'incontro. Il professore lo guardò con un sorriso amichevole. – Non chiedo nulla perché non c'è alcuna perizia da fare.

– In che senso, scusi?

– Quei quadri, l'intera collezione, non valgono nulla. Lo si vede di primo acchito. – Il perito fece una breve pausa. – Devo tuttavia ammettere che mi sono veramente divertito nel leggere le fantasiose recensioni allegate. Erano anni che non mi succedeva, mi hanno allietato per una serata intera, per questo non le faccio pagare la consulenza.

Il sorriso del professore non sembrava beffardo o sarcastico. Piuttosto era come se gli fosse tornata in mente una bella barzelletta o un episodio molto divertente. Il capoarea della Bèrghem Insurance non condivideva per niente lo stato d'animo del suo interlocutore. Anzi era piuttosto preoccupato.

– Se però insiste, ragioniere, e vuole che glielo metta nero su bianco, lo faccio; dovrò tuttavia emettere una fattura. Ci sono dei tariffari e credo che...

– La ringrazio, professore. La ringrazio per avermi avvertito in anticipo. Onestamente, temevo che sarebbe giunto a queste conclusioni, non è proprio una sorpresa per me. Il nostro perito aziendale ci aveva detto la stessa cosa, ma il mio cliente voleva anche il parere di un esperto indipendente. La pregherei quindi di redigere la perizia e di recapitarmela. Salderemo chiaramente a vista fattura.

Gozzi si alzò e salutò il professore, ringraziandolo di nuovo per la cortesia, e fece un cenno di saluto anche alla segretaria che stava all'ingresso.

Uscito dallo studio, allentò lievemente il nodo della cravatta e rifletté su come spiegare la situazione al suo cliente, evitandogli l'imbarazzo di fare la figura del gabbato. Gino Bertazzi aveva speso un piccolo patrimonio per una ventina di quadri che non valevano nulla, convinto di aver fatto un affare. Se fosse stato lui a dimostrarglielo, Bertazzi prima o poi – più prima che poi – avrebbe disdetto con qualche scusa tutte le polizze in essere o non le avrebbe più rinnovate con la sua assicurazione. Ne era sicuro. A nessuno faceva piacere continuare a frequentare o rimanere in affari con una persona che sapeva quanto eri stato stupido, tantomeno uno presuntuoso e vanitoso come Bertazzi. Il cavaliere se ne sarebbe ricordato ogni volta che lo avrebbe incontrato.

Dopo averci pensato su per qualche minuto gli venne finalmente l'idea giusta e tornò nello studio del perito per conferire con la sua segretaria. Le diede le istruzioni su come procedere e si commiatò ringraziandola.

Appena risalito in macchina chiamò il suo cliente.
– Buongiorno, cavaliere. Sono Gozzi.

– Buongiorno, Gozzi.

– Buone notizie. Mi hanno appena chiamato dall'ufficio, è arrivata la fattura del consulente del Tribunale che abbiamo incaricato per assicurare la sua collezione. Significa che la nuova perizia è pronta. Ho chiesto al consulente di mandare la perizia direttamente a lei. Ho fatto bene?

– Benissimo.

– Ottimo. Io sono in viaggio e torno fra due settimane. Quando rientro e lei avrà un momento libero mi chiami, per cortesia, così passo e stipuliamo la polizza. Che gliene pare?

– Ottimo, Gozzi. Lei ci sa fare. La chiamerò io. Buon viaggio.

L'assicuratore sapeva che il cavaliere, una volta letta la perizia, non l'avrebbe più chiamato per non fare la figura del gabbato. Non avrebbe mai più fatto cenno a quella polizza o avrebbe trovato qualche scusa per non stipularla.

Gozzi gongolò: non sarebbe stato certo lui a ricordargliela.

Erano tutti nell'ufficio di Ardenti, seduti intorno alla sua scrivania.

– Comincio io? – chiese Baroni guardando il commissario. Quello gli fece un cenno di assenso con il capo.

– Partiamo dal primo dato di fatto: le due vittime si conoscevano bene. Vinciguerra era un consulente d'arte della galleria di Gualtieri. – Baroni riassunse per oltre venti minuti l'incontro con la dottoressa Merola, spiegando anche in cosa consisteva quella collaborazione. – Un altro fatto importante di cui sono venuto a conoscenza – continuò – riguarda il periodo antecedente il trasferimento del gallerista negli Stati Uniti. Gualtieri all'epoca gestiva con un socio una galleria d'arte a Milano diversa da quella che conosciamo. Prima di partire si fece liquidare, l'attività fallì e il socio si suicidò. Da come gestiva gli affari ho ragione di pensare che la galleria fallì non tanto per colpa del socio, ma perché il sistema e la personalità di Gualtieri erano fondamentali per tenerla in piedi.

Baroni spiegò ai colleghi quanto fosse particolare quel business e che probabilmente l'ex socio era stato non proprio raggirato però sicuramente non lasciato nelle condizioni di poterla gestire in modo profittevole.

Lucibello, Calderoni e Di Maggio ascoltarono con attenzione, e anche il commissario si sporse verso di lui appoggiando le braccia sulla scrivania, come faceva solitamente quando era concentrato.

– Se ho capito bene, Gualtieri allora era un furbetto, per non dire peggio, e Vinciguerra in un certo senso il suo complice – concluse Ardenti.

– Il gatto e la volpe – aggiunse Lucibello.

– Più o meno sì. Possiamo dire che la situazione era pressappoco quella.

– Questo restringe ulteriormente il cerchio – intervenne il commissario. – Ricapitoliamo: partiamo dall'ipotesi che l'assassino sia qualcuno dell'ambiente o che lo frequenta e conosceva le due vittime. Sappiamo che Gualtieri, con l'aiuto di Vinciguerra e forse qualcun altro ma non sappiamo chi, faceva credere alla clientela che i suoi artisti fossero dei talenti emergenti, acclamati dalla critica. Il modo in cui le ha uccise fa supporre che sapesse del loro sodalizio e che l'assassino provasse un forte odio nei loro confronti. E se l'interpretazione che abbiamo dato dello scopino è corretta, è da considerarsi come la firma dell'omicida, e ci fa capire che i due delitti sono collegati... Nella sua follia una specie di messaggio riferito all'arte contemporanea... Deve per forza essere un esperto o un appassionato d'arte, un collezionista o un critico, probabilmente un cliente della galleria di Gualtieri... Una persona che provava un forte risentimento.

Baroni annuì e aggiunse: – E doveva conoscere molto bene Gualtieri, altrimenti lui non l'avrebbe mai fatto entrare in casa. L'efferatezza in entrambi i delitti denota anche una totale assenza di empatia. Magari non è un serial killer, ma comunque abbiamo a che fare con uno psicopatico, una specie di mostro.

– Sono d'accordo. Se questa ipotesi è corretta – concluse Ardenti, – probabilmente non abbiamo a che fare con un killer seriale che ucciderà ancora, motivato da una missione, ma piuttosto con uno psicopatico pluriomicida che semplicemente voleva punire le due vittime per vendetta. Se è così, cade l'ipotesi del serial killer... Speriamo, altrimenti colpirà presto ancora. Ora dobbiamo concentrarci sulla clientela della galleria e sulla cerchia delle conoscenze di Gualtieri. L'omicida può essere astuto quanto volete – sottolineò il commissario, – però c'è una cosa che non può nascondere: il movente. E forse l'abbiamo trovato.

Lucibello e Baroni annuirono, ma il commissario notò che Baroni aveva un'espressione pensierosa. – Franco, hai dei dubbi?

– No, assolutamente. Condivido tutto, è corretto. Ma ascoltandoti mi è venuta un'idea...

– Be', parla, siamo qui per questo.

– Stavo pensando al messaggio che ha lasciato l'assassino. Cosa c'è di peggio di un messaggio che non arriva a destinazione?

Tutti lo guardarono incuriositi.

– Per ora i media non hanno riportato i particolari più scabrosi inerenti ai delitti perché non li conoscono, e l'assassino può pensare che con le indagini in corso gli inquirenti vogliano tenerli secretati. E se invece dicessimo alla stampa che gli omicidi non sono collegati e con ogni probabilità si è trattato di una rapina finita male? Per esempio di ladri sorpresi dai padroni di casa che hanno reagito... Tutta la sua messinscena sarebbe stata vana...

Ardenti intuì doveva arrivare Baroni e continuò il ragionamento. – Dici di fingerci stupidi, fargli credere che non abbiamo capito il significato dello scopino e che quindi tutta la messinscena è stata inutile. Questo potrebbe indurlo a reagire...

– Esattamente – concluse Baroni.

– ... E a commettere un errore – aggiunse Ardenti pensieroso.

I due si guardarono e rimasero in silenzio per qualche istante, valutando se fosse il caso di percorrere quella strada.

Ardenti riprese per primo la parola. – Pensiamoci su, ne parlerò anche col procuratore. Intanto direi di fare una visita ai familiari dell'ex socio, quello che si è suicidato. Pensaci tu, Lucibello. Invece tu, Franco, torna a Milano e cerca di capire chi erano i clienti più importanti della galleria, chi la frequentava, se c'è qualcuno che potrebbe aver covato odio nei confronti di Gualtieri e per quale motivo. Parla con la dipendente e i due amministratori della galleria. Se non collaborano, fagli capire che se quello è il movente anche loro non sono del tutto al sicuro.

Poi puntò l'indice verso gli agenti Calderoni e Di Maggio. – Voi continuate a lavorare sulle ultime telefonate di Gualtieri, vedete con chi ha parlato e di che cosa. Risentirei anche la governante, magari le viene in mente qualcosa che non ci ha ancora detto.

Ardenti si rivolse infine a Lucibello. – La sorella di Gualtieri l'avete sentita?

– Sì, è tornata in Italia per il funerale e per sbrigare le pratiche di successione. I suoi rapporti col fratello erano buoni, ma non si vedevano mai. Lei è sposata con un diplomatico e vive in giro per il mondo, attualmente suo marito è di stanza all'ambasciata di Johannesburg, in Sudafrica. L'ultima volta che si sono visti è stato oltre dieci anni fa, quando Gualtieri viveva ancora negli Stati Uniti.

– E da Firenze ci sono novità?

Lucibello scosse la testa. – Hanno finalmente sbloccato il cellulare e stanno ancora estrapolando i

contatti di Vinciguerra. Li incroceranno con i nostri
dati, vediamo cosa salta fuori.

– Bene – concluse Ardenti. – Stiamo comunque
facendo qualche passo avanti.

Provincia di Bergamo, due mesi prima

– Cavaliere, sono arrivati i veterinari dell'ATS.

La segretaria del cavalier Bertazzi si affacciò alla porta dell'ufficio. L'uomo era seduto alla scrivania, assorto nella lettura di un documento. La segretaria sapeva quanto fosse importante quella visita, le aveva ricordato più volte di avvertirlo non appena fossero arrivati. Ma la cosa non gli importava. Neanche il reportage sull'allevamento di maiali più grande al mondo che i cinesi stavano realizzando a Ezhou, in Cina – il Pig Palace, un mastodontico grattacielo di ventisei piani, che, una volta ultimato, avrebbe ospitato oltre due milioni di suini – sembrava non interessarlo più: la rivista era ancora incellofanata sulla scrivania, intatta così come gliela aveva portata lei quella mattina.

– Li faccia accompagnare da Moretti, li raggiungo più tardi – rispose distratto Bertazzi e con aria mesta le fece cenno con la mano di non disturbarlo più. Poi si concentrò nuovamente sulla perizia del professor De Dosso. In poco meno di due paginette il consulente del Tribunale spiegava che quelli presenti nella sua collezione "non possono considerarsi artisti conosciuti e tantomeno affermati nel circuito commerciale del mercato nazionale o internazionale dell'arte contemporanea". Le opere di quei pittori, per giunta, "non presentano una novità sotto il profilo artistico e non risultano essere mai state esposte in mostre di rilievo, né pubblicate o recensite in riviste specializzate del settore, né commercializzate nelle principali case d'asta nazionali o internazionali, oppure presso le principali gallerie d'arte pubbliche o private, fatta eccezione per la Galleria Gualtieri di Milano". Quindi "allo stato attuale, non risulta possibile quantificare o stimare oggettivamente l'effettivo valore di mercato delle opere presenti nella collezione valutata".

Bertazzi rilesse per l'ennesima volta la perizia, poi la infilò di nuovo nella busta in cui era arrivata e se la mise in tasca. Uscì dall'ufficio per raggiungere i veterinari. Scese le scale con un sentimento misto fra rabbia e incredulità.

L'ATS aveva mandato i medici, a seguito di una sua segnalazione, per accertare che nell'allevamento non ci fossero maiali contagiati dalla peste suina africana, una malattia infettiva altamente contagiosa per cui non esistevano né cure né vaccini. Bastava un capo infetto per far abbattere tutti gli altri.

L'addetto ai mangimi gli aveva segnalato giorni addietro di aver notato alcuni maiali con le orecchie arrossate, un sintomo tipico ma non determinante di quella patologia, e il cavaliere aveva fatto chiamare immediatamente le autorità di vigilanza sanitaria.

Per la Bertazzi Carni S.p.a., fra i leader nazionali nella produzione di insaccati, la conferma di un focolaio nel proprio allevamento poteva avere conseguenze disastrose. Si prospettava l'abbattimento di ventimila capi. Ciononostante, il cavaliere non riusciva a togliersi dalla mente le parole che aveva letto poco prima in quella perizia. Doveva assolutamente affrontare Gualtieri quanto prima e capire se si era veramente permesso di raggirarlo.

Bertazzi raggiunse i veterinari che si stavano incamminando con il suo collaboratore verso una delle numerose stalle perfettamente allineate e affacciate su un percorso lungo quasi un chilometro. Si intrattenne brevemente con loro, poi si scusò e chiamò la galleria per chiedere se Gualtieri fosse libero di riceverlo. Giulia, una dipendente, gli confermò che il titolare era disponibile. Bertazzi, quindi, si congedò in fretta dal collega e dai funzionari dell'ATS e si diresse con passo spedito verso il parco auto. Stentava a contenere la rabbia che lo stava divorando. Aveva anche messo in conto di aggredire Gualtieri fisicamente. Col suo nuovo Cayenne Turbo, seconda serie, raggiunse la galleria in meno di trenta minuti.

– Cavaliere! Che piacere rivederla... Come sta?

Girolamo Gualtieri lo aveva atteso all'ingresso con uno smagliante sorriso. La camicia bianca sbottonata esaltava la sua abbronzatura, sembrava appena tornato da una vacanza al mare.

– Ancora non lo so, ma lo scopriremo presto insieme.

Bertazzi non era in vena di convenevoli e non fece nulla per nasconderlo. Gualtieri intuì subito che il cliente era venuto con propositi bellicosi, ma rimase sereno e lo fece accomodare nello studio. Non perse il sorriso, nel suo campo era in grado di affrontare qualsiasi situazione, e ne era consapevole.

– Cosa posso fare per lei, cavaliere?

Per tutta risposta Bertazzi estrasse la perizia che aveva ricevuto quella mattina e gliela porse con aria di sfida. Gualtieri la prese in mano, la guardò e domandò sorpreso: – È per me? Devo leggere?

– Non è per lei, a dire il vero, però dovrebbe leggerla lo stesso. È l'esito della perizia sulla mia collezione che ha commissionato l'assicurazione. La legga, prego!

Gualtieri la lesse e mentre scorreva verso la fine

annuiva con la testa, come per confermare le parole del professore. Poi gli restituì la lettera. – Corretto, condivido tutto, mi sembra abbastanza chiara. C'è qualcosa che vuole aggiungere?

Bertazzi lo guardò incredulo, stava perdendo la calma e dovette trattenersi. Sentiva che le mani cominciavano a prudergli ed era lì per lì per usarle, ma con un tono minaccioso si limitò a una precisazione: – Guardi, Gualtieri, che stiamo parlando dei quadri che mi ha venduto lei! Sono tutti acquistati da lei i quadri della collezione a cui si riferisce la perizia! E qui si dice che non valgono nulla!

Bertazzi pronunciò le ultime parole quasi urlando e sbattendo sonoramente un pugno sulla scrivania. In quel preciso momento Giulia, la giovane commessa, entrò nello studio con un vassoio. – Il suo caffè, signor Gualtieri. Gradirebbe qualcosa anche lei, cavaliere?

Gualtieri ringraziò la commessa mentre Bertazzi non la degnò di uno sguardo e continuò a fissare il gallerista con aria truce. La ragazza capì di essere entrata in un momento poco opportuno, si scusò e lasciò la stanza.

Gualtieri bevve il caffè con calma, impassibile, e dopo qualche istante assunse un'espressione offesa. Era ora di passare al contrattacco.

– Lei sta mettendo in dubbio la serietà mia e della mia galleria, signor Bertazzi. Potrei anche offendermi. L'unica scusante che le concedo è l'ignoranza: lei non ha ancora capito nulla dell'arte contemporanea.

L'imprenditore fece per rispondere, ma Gualtieri lo precedette. – Che somma crede avrebbero stimato gli esperti dell'epoca per un'opera di Ligabue, Modigliani, Giacomo Balla o Van Gogh ai tempi in cui questi artisti erano ancora in vita? Lo sa che Claude Monet venne riconosciuto come artista solo in tarda età e che passò quasi tutta la sua vita fra povertà e istinti suicidi perché nessuno lo comprendeva? E ho citato solo quelli più noti, artisti neppure considerati dai critici dell'epoca e che oggi valgono cifre a cinque o sei zeri.

Bertazzi rimase interdetto, gli argomenti di Gualtieri lo avevano colto alla sprovvista.

– Vuole quadri stimabili? Prego, si accomodi.

Gualtieri si alzò, prese il catalogo di una celebre casa d'aste appoggiato su uno sgabello e cominciò a sfogliarlo. – Vuole un Pollock? Nessun problema: base d'asta otto milioni e cinquecentomila euro. O forse preferisce Gerhard Richter? Base d'asta quattro milioni di euro. Oppure anche, se vogliamo stare su quelli meno conosciuti: Kazimir Malevich, che probabilmente non ha mai sentito nominare, base d'asta cinque milioni di dollari. Devo continuare?

Il suo interlocutore rimase in silenzio, come uno scolaretto sgridato dall'insegnante.

– Noi trattiamo artisti emergenti, come Starkoievich, stiamo parlando di visionari che anticipano i tempi e per questo non vengono compresi dai loro contemporanei. Se vuole acquistare opere di artisti già affermati, non ha che da dirmelo. Mi firma una delega e le procuro qualsiasi opera.

Bertazzi non sapeva più cosa pensare e abbassò lo sguardo. Gualtieri assunse un tono conciliante. – Quasi tutti i giovani artisti rimangono sconosciuti per anni, per decenni. Poi alcuni emergono, altri no, altri ancora diventano famosi solo dopo la morte. Fra gli emergenti alcuni vengono apprezzati sin da giovani, altri solo dopo aver acquisito una certa maturità artistica. Avrà letto le recensioni del dottor Vinciguerra: guardi che è un critico d'arte affermato, che cura mostre per musei.

Gualtieri gustò la capitolazione a cui stava assistendo, ma aggiunse un'ultima stoccata, che il suo cliente avrebbe di sicuro ricordato più facilmente. – È come se qualcuno avesse chiesto di stimare un bitcoin nel 2010, quando il suo valore si aggirava intorno ai dieci centesimi di euro. Oggi un bitcoin vale circa cinquantamila dollari. Pensi a chi ha investito allora cento euro in Bitcoin, quando nessuno li conosceva. Dico: cento euro, una bazzecola. Ora potrebbe aver guadagnato circa cinquanta milioni di dollari. Ma nel 2010 chi poteva saperlo?

Il cavaliere sembrava fortemente imbarazzato. – Chiedo scusa, non volevo mettere in dubbio la serietà della galleria. È che... – Bertazzi non finì la frase, non sapeva più cosa dire.

– Non deve scusarsi. – Gualtieri assunse un'espressione amichevole e si alzò porgendo la mano al suo cliente, sfoderando di nuovo il suo accattivante sorriso. – La capisco, è naturale avere dei dubbi. Ha fatto bene a venire e a parlarmene. L'importante è esserci chiariti e aver ristabilito un rapporto di fiducia reciproca. Nel caso volesse comunque permutare i quadri di Starkoievich, magari con quelli di qualche altro artista che trattiamo, lei sa che può farlo in qualsiasi momento, c'è la fila fuori per riacquistarli.

– No, assolutamente, non c'è bisogno. Mi scuso nuovamente per questo spiacevole equivoco.

Bertazzi si alzò a sua volta, strinse la mano del gallerista e uscì dallo studio fortemente imbarazzato;

pareva un cane bastonato che se ne tornava a cuccia.

Gualtieri lo accompagnò e non appena il suo cliente salì in macchina chiamò uno dei suoi soci, Giovanni Bonalumi. – Fai mettere all'asta qualche dipinto di Starko, uno o due, meglio se in una casa d'asta straniera di medio livello, che ne so, a Vienna, Parigi o Londra. Al resto ci penso io.

Il suo socio obbedì, non era solito discutere le disposizioni che dava Gualtieri.

In effetti Bertazzi non aveva tutti i torti, pensò Gualtieri. Forse era giunto il tempo di fare qualche investimento e far battere all'asta alcuni quadri di Starkoievich, giusto per salvare le apparenze. Avrebbe chiesto a dei conoscenti fidati di aggiudicarsi quei quadri per conto suo, ad alto prezzo s'intende. In quella partita di giro ci avrebbe rimesso solo i diritti d'asta, il venti per cento del prezzo di aggiudicazione, ma sapeva di poterli recuperare facilmente aumentando le quotazioni del suo pupillo.

Gualtieri tornò in studio, chiuse la porta e si accomodò per qualche attimo sulla poltrona, soddisfatto di come aveva liquidato il cavaliere. "Mors tua, vita mea, caro Bertazzi" si disse compiaciuto.

Milano

"Il commissario ha ragione" si disse Baroni. Con l'omicidio di Vinciguerra il cerchio si era ristretto di parecchio. L'omicida doveva trovarsi per forza nel giro di Gualtieri, una persona abbastanza fidata tanto da fargli visita di sera nella sua abitazione e che era a conoscenza della complicità di Vinciguerra nel pompare artificiosamente i suoi artisti.

L'ispettore abbassò i finestrini per cambiare l'aria. Durante il viaggio aveva fumato già due ammezzati e stava per accendersene un terzo. Da oltre venti minuti girava a vuoto per le vie adiacenti alla galleria in cerca di un posto. All'improvviso, vedendo una macchina uscire da un parcheggio sotterraneo, gli venne un'intuizione: avrebbe parcheggiato nel garage dell'Esselunga. Così, prima di tornare a casa, avrebbe fatto anche la spesa.

– Buongiorno, ispettore.

In primissima mattinata, ad accoglierlo nella galleria c'erano i due ex soci di Gualtieri e Giulia, la commessa. La galleria apriva alle dieci del mattino, e in quel momento non c'era nessuno.

– Solitamente i clienti passano di qui nel tardo pomeriggio o in tarda mattinata – gli spiegò Giovanni Bonalumi.

Si sedettero tutti e tre nello studio che era stato di Gualtieri. La ragazza chiese a Baroni se gradiva una bibita o un caffè, ma Bonalumi la invitò a prendere posto insieme a loro. – Prego, Giulia, accomodati anche tu. L'ispettore vorrà farci delle domande.

– Sì, sono solo domande di routine – rispose Baroni.

– Ci sono novità sull'omicidio?

– Non ancora, stiamo indagando in ogni direzione.

– Abbiamo già mandato ai suoi colleghi un file con nome e indirizzo di tutti i clienti della galleria, come da vostra richiesta.

– Ho saputo e la ringrazio.

– Come possiamo aiutarla, ispettore? – chiese Giovanni Bonalumi, che pareva essere il più loquace dei due soci.

– Vorrei capire anzitutto in che rapporti stava Gualtieri con il dottor Vinciguerra.

Quello sembrò alquanto sorpreso. – Il dottor Vinciguerra? Ma perché vuole saperlo, i due omicidi sono forse collegati?

– Non lo sappiamo ancora, per questo ve lo sto chiedendo. E, se permette, lasci fare a me le domande.

I due soci confabularono sottovoce, poi Giovanni Bonalumi si rivolse di nuovo a Baroni per rispondere alla domanda. – Il dottor Vinciguerra collaborava con la galleria in veste di consulente e critico d'arte. Gli commissionavamo soprattutto recensioni di opere, prefazioni per i cataloghi, presentazioni di mostre che organizzavamo qui in galleria, cose di questo genere.

– Era un rapporto solo professionale o anche di amicizia?

– Con la galleria i rapporti erano esclusivamente professionali, ma con Girolamo credo fossero diventati amici.

– Amici nel senso di buoni conoscenti o...

– Buoni conoscenti e buoni partner in affari: lui era sempre disponibile e noi pagavamo puntualmente.

– Ma Gualtieri lo frequentava anche al di fuori della galleria o dall'ambito lavorativo?

– No, non credo. Girolamo separava nettamente il lavoro dalla vita privata, salvo qualche rara eccezione. Vicende di lavoro o inerenti alla galleria le trattava sempre qui. Saprà certamente che era omosessuale. Vinciguerra no. Non si frequentavano in quel senso, se è questo che voleva sapere.

– La ringrazio per la franchezza. Chiedevo anche per un altro motivo: la circostanza che Gualtieri sia stato ucciso in casa farebbe pensare che conoscesse bene il suo assassino. Lo stesso vale per Vinciguerra. Ma mentre per Vinciguerra l'abitazione era anche lo studio professionale, per Gualtieri no. Poteva esserci un motivo per ricevere in casa qualcuno per ragioni di lavoro?

I due soci si guardarono e scossero la testa.

– Magari qualche artista, qualche cliente importante o un collaboratore? – li incalzò l'ispettore.

– No, no. Lo escluderei. Persino noi, che eravamo i suoi soci, non siamo mai stati a casa sua. Sappiamo solo che abitava a Mantova.

Il fatto che rispondesse unicamente Giovanni cominciò a innervosire l'ispettore, che quindi si rivolse direttamente all'altro socio, il quale aveva mantenuto per tutta la conversazione uno sguardo assente. – Lei non ha niente da dire?

Questi esitò qualche istante prima di rispondere e rivolse uno sguardo al fratello, il quale annuì e abbozzò forzatamente un sorriso di circostanza.

– No – balbettò Stefano, sorridendo.

Baroni stava per replicare, quando Giovanni intervenne nuovamente. – Che scortesi che siamo, non abbiamo nemmeno offerto un caffè all'ispettore.

Giulia, per cortesia... Per me liscio, lei ispettore come lo prende? E tu, Stefano?

Baroni lo fissò e non disse nulla per qualche secondo, poi capì dal suo sguardo supplichevole che era il caso di assecondarlo. – Con piacere, liscio anche per me. Giusto, facciamo un piccolo break. Posso sgranchirmi un attimo le gambe?

– Ma certo, ispettore, l'accompagno.

Appena usciti dallo studio, Giovanni Bonalumi gli parlò sottovoce. – La ringrazio, ispettore. Mio fratello soffre di un lieve deficit del funzionamento intellettivo, significa che è leggermente...

– Ho capito – lo interruppe l'ispettore, imbarazzato. – Non c'è bisogno che entri nei particolari. Chiedo scusa, non mi ero reso conto.

– Si figuri. Lui è autosufficiente e le sue capacità comunicative sono adeguate a sopperire alle esigenze quotidiane, però ecco... la conversazione non è il suo forte. Deve rimanere in un contesto familiare, protetto, non è abituato a...

Baroni lo fermò con un cenno della mano e gli fece capire che non c'era bisogno che continuasse a giustificare il fratello.

Quando videro Giulia tornare con un vassoio e i caffè, rientrarono nello studio.

– Quindi dicevamo che Gualtieri non riceveva nessuno a casa sua? E mi confermate che nessuno di voi è mai stato a Mantova a casa di Gualtieri?

Tutti fecero sì con la testa.

– E a casa sua non riceveva clienti, per quanto ne sapete. Giusto?

I due fratelli annuirono, mentre Giulia non reagì. Baroni lo notò, ma fece finta di niente.

– Un'ultima domanda, la più importante. Vi pregherei di rispondere solo dopo averci riflettuto attentamente. C'era qualcuno che magari provava del risentimento verso Gualtieri, qualcuno che aveva subito un torto, un cliente insoddisfatto o un artista deluso, che ne so? Avevate notato qualcosa di insolito nel suo comportamento? Vi sembrava preoccupato?

Giovanni Bonalumi scambiò uno sguardo col fratello ed entrambi scossero la testa. Baroni notò che Giulia rimase ancora impassibile.

– Gualtieri era sempre sereno e benvoluto da tutti, ispettore, anche nell'ultimo periodo. Non abbiamo notato nulla di anomalo. Lui faceva di tutto per mantenere buoni rapporti con i clienti. Per Natale mandava una cassa di champagne a quelli più importanti, si ricordava di ogni compleanno... La clientela gli era molto affezionata.

Stefano fissava l'ispettore, sorrideva e confermava annuendo le parole del fratello.

– Anche con la sorella i rapporti erano ottimi. Gli affari vanno bene – continuò Bonalumi – e credo che lei erediterà la sua quota.

– Eppure al gallerista che ha acquistato le sue quote prima che partisse per gli Stati Uniti non è andata molto bene. Anzi, andò piuttosto male, se non sbaglio – lo incalzò Baroni.

– So di quella brutta vicenda. Ma guardi che anche quella galleria andava bene, finché la gestiva Gualtieri. È finita male quando se ne è andato. Sa, nel nostro mestiere contano molto la personalità del gallerista, le pubbliche relazioni, le conoscenze...

– E voi come farete ora, senza di lui?

Bonalumi assunse un'aria preoccupata. – Le confesso che ce lo siamo chiesti anche io e mio fratello. Possiamo solo sperare di aver imparato il mestiere

abbastanza bene per portarla avanti in modo redditizio.

– Un'ultima domanda, giusto per completare la
mia relazione di servizio. Dov'eravate la notte del
delitto?

Giovanni guardò il fratello, che replicò allo
sguardo con l'espressione di uno che non aveva capito la domanda.

– Eravamo a casa. Noi viviamo insieme e non
usciamo praticamente mai la sera, se non in casi ec-
cezionali. Abbiamo saputo dell'omicidio dai giornali. Se dovessimo trovare un alibi per quella sera,
ecco... saremmo in difficoltà.

– Per ora non c'è bisogno. E lei, signorina?

Giulia assunse un'espressione preoccupata. –
Nemmeno io penso di avere un alibi, a pensarci
bene. Passo le sere a studiare. Vivo con i miei genitori, credo che loro possano confermarlo.

L'ispettore annuì e prese alcuni appunti su un taccuino. Non era soddisfatto. Era in dubbio se accennare loro qualche ulteriore dettaglio sugli omicidi,
come lo scopino da water, ma decise che non era il
caso. – Capisco. Bene, io avrei finito, per ora. Signori, vi ringrazio. Vi pregherei di non lasciare la
città e di rimanere a disposizione finché non chiuderemo le indagini. Se dovesse venirvi in mente qualcosa che possa aiutarci, vi prego di farcelo sapere.

L'ispettore lasciò loro il suo biglietto da visita e
si fece dare i numeri di telefono.

– Già che sono qui, avrei piacere di dare un'occhiata alla galleria e ammirare di nuovo i quadri
esposti, se posso.

– Ci mancherebbe, ispettore. È un piacere, le faccio strada molto volentieri.

– Non si disturbi, signor Bonalumi, preferirei farlo con Giulia, se non le dispiace.

Baroni gli strizzò l'occhio e si rivolse alla ragazza con un sorriso. Giulia, dopo aver guardato il suo capo, ricambiò, lievemente imbarazzata.

– Nessun problema, ispettore.

La ragazza fece strada e accompagnò Baroni in una delle sale della galleria. La sua andatura era elegante e i lunghi capelli biondi esaltavano la sua femminilità.

Non appena fu sicuro che erano soli, l'ispettore confidò a Giulia di non essere davvero interessato ai quadri. – Volevo parlare con lei separatamente. Fuori dalla galleria.

Lei lo guardò sorpresa. Baroni constatò che aveva pure degli stupendi occhi verde smeraldo. Giulia sapeva di essere una ragazza attraente ed era abituata a quel genere di approcci, anche da parte di uomini di una certa età, ma fino a quel momento l'ispettore le era sembrato una persona seria.

– Non si preoccupi, Giulia, non è un'avance. Vorrei solo farle qualche domanda senza la presenza dei titolari. Le ruberò massimo venti minuti.

– Come preferisce, ispettore. All'una faccio la pausa pranzo nel bar qui a fianco. Possiamo vederci lì, se a lei va bene.

– Perfetto. L'aspetterò al bar, all'una.

Abitazione del professor Brambilla,
provincia di Milano

Lucibello non aveva proprio l'aria del poliziotto, e il professore si fece mostrare il tesserino di riconoscimento prima di farlo entrare. L'ispettore si era pure presentato senza alcun preavviso e la cosa innervosiva parecchio il professor Brambilla, perché da lì a poco sarebbe dovuto andare a prendere Letizia alla stazione e non aveva molto tempo da dedicargli. Comunque non sembrava sorpreso di quella visita.

– Prego, si accomodi. A cosa devo il piacere?

Il professore fece accomodare Lucibello in salotto. L'ambiente era molto ordinato e arredato con cura, e l'ispettore prese posto su una poltroncina, senza dire una parola.

– È qui per mio nipote, immagino. Giusto?

Lucibello lo guardò stupito.

– È qui per Luca, mio nipote? – ripeté il professore. – Cos'ha combinato questa volta?

L'ispettore venne colto alla sprovvista e non sapeva se cogliere la palla al balzo o smentirlo. Brambilla interpretò il suo silenzio come un sì e riprese subito la parola. – Guardi, ispettore. Luca risiede ufficialmente qui, ma non lo vediamo quasi mai, se non quando è nei guai o quando ha bisogno di soldi. Non so dove sia e cosa faccia e, sinceramente, non voglio nemmeno saperlo. Ormai è maggiorenne e non posso farmi carico anche di lui. L'ho già spiegato una volta ai suoi colleghi, mi sembra...

Lucibello rimase in silenzio e ascoltò. Quando il professore ebbe finito, gli disse il reale motivo della visita. – Non sono qui per suo nipote, professore. Non ancora.

L'anziano lo guardò stupito. – E per cosa, allora?

– Stiamo indagando sull'uccisione di Girolamo Gualtieri, l'ex socio di...

– So chi era quel bastardo... – Brambilla interruppe Lucibello con un tono grave. Dopo aver sentito quel nome il suo atteggiamento era cambiato e dalla sua espressione traspariva rabbia: le narici dilatate, le labbra fortemente serrate e delle rughe di espressione fra le sopracciglia ravvicinate.

– ... E sono contento che sia stato ucciso. Se lo meritava! Il tempo, prima o poi, salda tutti i conti.

Lucibello non si aspettava una simile reazione. Quell'uomo odiava Gualtieri e non faceva nulla per nasconderlo.

– Chiedo scusa, professore. Come mai prova tanto astio verso Gualtieri?

– E me lo chiede?! Ma lei cosa ci fa qui? Se è venuto per l'indagine sull'omicidio di Gualtieri saprà anche che mio figlio si è suicidato per colpa sua, o no?! Altrimenti perché è venuto?

– Certo, mi scusi. Sì, sappiamo della tragica morte di suo figlio, però onestamente non è mai stata collegata al suo ex socio Gualtieri. Lui si trovava da qualche anno negli Stati Uniti quando è successo.

– Il motivo che ha spinto mio figlio Michele a togliersi la vita è stata soprattutto l'umiliazione che ha subito per il fallimento della galleria d'arte che aveva rilevato da Gualtieri. Si era indebitato fino al collo, ci aveva rimesso tutto quello che aveva. Io lo avevo sconsigliato di buttarsi a capofitto in quel business. Su questo di sicuro ha sbagliato... Ma quella galleria era una truffa bella e buona! – esclamò il professore. – Non valeva lontanamente quanto l'ha pagata e tutto d'un tratto si è rivelata una *sola*.

– Prego?

– Una *sola*, un raggiro.

– Perché non l'avete denunciato?

– I nostri avvocati ce lo hanno sconsigliato. Ne abbiamo consultati più di uno. Sulla carta era tutto regolare. Negli anni precedenti la galleria aveva sempre fatto utili e quindi il successivo fallimento sarebbe stato facilmente attribuibile a una cattiva gestione. Ma non è questo il punto. Mio figlio era sicuro di essere stato truffato da Gualtieri e io mi fidavo del suo giudizio.

Brambilla era rimasto in piedi. Voleva far capire all'ispettore che non aveva molto tempo a disposizione, ma Lucibello non ci fece caso. – Lei ha altri figli?

– Due figlie, le sorelle di Michele. Sono sposate e vivono ambedue in centro, a Milano.

– La pregherei di lasciarmi il loro numero di telefono.

L'ispettore attese che il professore scrivesse i due numeri su un foglietto, poi lo incalzò con un'altra domanda. – Posso chiederle perché era convinto che fossi qui per suo nipote?

L'anziano si sedette lentamente su una sedia del tavolo e tirò un sospiro.

– Luca, il figlio di Michele, non ha mai superato quel trauma, a differenza della sorella. Non ha finito le scuole, si è allontanato sempre di più dalla nostra famiglia. Deve sapere che sua madre, l'ex moglie di Michele, era una modella cubana che, a un certo punto, se n'è tornata a Cuba. E abbiamo pure dovuto coprirla di soldi affinché lasciasse i figli qui! Quindi, dopo la morte di Michele, Letizia e Luca sono rimasti praticamente orfani. Può immaginarsi che infanzia infelice hanno avuto... Per fortuna io e mia moglie siamo ancora in salute e abbiamo cercato di crescerli nel miglior modo possibile.

Il tono del professore si era fatto malinconico. Lucibello abbassò gli occhi, poteva solo immaginare il dolore che avevano provato in quella famiglia. – E così Luca ha cominciato a frequentare le persone sbagliate, immagino...

Il professore annuì. – Sì. Abbiamo fatto di tutto per recuperarlo, ma, raggiunta la maggiore età, l'abbiamo perso definitivamente. – Dopo una breve pausa, il professore sentì il bisogno di aggiungere: – Capisco il dolore che deve aver provato, all'epoca aveva solo quindici anni, però oggi ne ha venticinque...

– Ha avuto anche problemi con la giustizia? – volle sapere Lucibello.

– E me lo domanda?! Vedo che si è preparato bene... – ironizzò il professore. Lucibello arrossì per l'imbarazzo. Non ci aveva proprio pensato di verificare i precedenti giudiziari dei familiari dell'ex socio di Gualtieri.

– Chiaro che sì! Ha già collezionato una condanna per spaccio di sostanze stupefacenti e ha pure un processo in corso per lo stesso reato. Se lo condannano di nuovo finirà dritto in galera per qualche anno. Se volesse sapere dove trovarlo, non saprei risponderle. Vive ufficialmente qui, nell'appartamentino al piano terra, accanto a quello della sorella, a volte sparisce per intere settimane. Le posso dare il numero di cellulare, se le serve. Onestamente, non so più cosa fare. È una boccia persa.

– Prego?

– Una boccia persa! È un modo di dire, ispettore. Sta per irrecuperabile, perduto, fuori gioco! Io alla sua età insegnavo già al liceo, e suo padre era laureato! Lui, invece, è un fallito.

– Il ragazzo è ancora giovane e può ancora ravvedersi. Non è troppo tardi – cercò di confortarlo Lucibello.

– Certo, non è troppo tardi. Ma quello non lo recupera più nessuno. Le abbiamo tentate tutte. Capisce ora perché provo tanto astio per Gualtieri? Ha rovinato la vita di molte persone! La mia, quella di mia moglie, di mio figlio e dei miei nipoti. Sono cattolico, però non riesco a perdonarlo. Anzi, spero che abbia sofferto prima di morire!

Seguirono alcuni attimi di silenzio. Per entrambi, l'atmosfera che si era creata non era piacevole.

– E la sorella di Luca? – riprese Lucibello.

– Letizia? Ora sta bene, ma anche lei ha sofferto molto. Non ha parlato per tre anni. Capisce? Le lascio immaginare lo shock che può provare una bambina di undici anni che perde il padre in modo così tragico. È stata lei a scoprire il cadavere appeso a una corda, in garage. Dopo qualche giorno ha smesso di parlare. Mutismo selettivo. Il Signore, per fortuna, ha risparmiato almeno lei, che si sta lentamente rimettendo in carreggiata. Ora ha ventun anni e vive una vita abbastanza normale. Chiaro che probabilmente non si riprenderà mai del tutto.

– Capisco. E vive con voi?

– Sì, al piano di sotto. Adesso studia all'università di Milano. Anzi, ora dovrei andarla a prendere alla stazione. Non ha ancora la patente e quando posso provvedo io ai suoi spostamenti.

– Ma certo, non si preoccupi. Tanto io avrei anche finito. La ringrazio, professor Brambilla.

I due si salutarono e Lucibello uscì. Una volta salito in macchina, appoggiò il capo sul volante e rimase così per qualche attimo. La tragica storia di quella famiglia lo aveva scosso.

All'una Baroni si sedette su uno sgabello di un tavolino posto all'esterno del bar. Si accese un sigaro, ordinò un caffè e si guardò intorno. La via era costeggiata da palazzi dell'Ottocento, i parcheggi lungo la strada erano tutti occupati e il marciapiede si stava affollando di impiegati che iniziavano la pausa pranzo. Notò come i più giovani avessero perlopiù un'aria spensierata: si spostavano in gruppetti, ridevano e scherzavano fra loro, mentre quelli più anziani gli parvero sconsolati, immersi nei loro pensieri.

Vide uscire dalla galleria la ragazza bionda dai capelli lunghi. Giulia si diresse verso il bar, e Baroni si alzò per salutarla. Nonostante la chioma bionda e quegli occhi stupendi, quella ragazza non faceva nulla per valorizzare la propria bellezza. La squadrò da capo a piedi: portava una gonna a tubino marrone e un maglione scuro, largo, a rombi, e degli stivali in pelle nera. Anche il trucco era molto leggero.

– Grazie per essere venuta.

– Si figuri, non avevo grandi progetti per la pausa pranzo.

Il suo fuggevole sorriso confermò la prima impressione che Baroni si era fatto: era veramente una bella ragazza, solo un po' timida e insicura.

– Le porto via solo pochi minuti. Si accomodi, prego.

L'ispettore le fece cenno di prendere posto. Giulia si sedette e rimase in attesa.

– Come le ho già detto, sto indagando sull'omicidio di Girolamo Gualtieri.

Giulia si limitò ad annuire.

– Lei lo conosceva?

– Sì, anche se solo superficialmente. Io lavoro lì da meno di un anno e lui veniva in galleria solo una-due volte la settimana. Scambiavamo poche parole.

Baroni la ascoltò e la sollecitò a continuare.

– Quando veniva, rimaneva perlopiù nello studio. Riceveva clienti, collaboratori, consulenti, il commercialista, artisti...

– Che tipo era? Le sembrava preoccupato ultimamente?

– Per nulla. Era una persona solare, sempre sorridente, sempre di buon umore, anche quando era sotto pressione.

– Come fa a dirlo? L'ha mai visto sotto pressione? Mi faccia un esempio.

Giulia rimase un attimo a pensare, poi continuò: – A volte ho assistito a situazioni spiacevoli, con dei clienti insoddisfatti, ma Gualtieri riusciva sempre a rappacificarsi con loro.

– C'erano quindi clienti insoddisfatti, che provavano un forte risentimento nei suoi confronti?

– In alcuni casi sì, però lui sapeva sempre come uscirne. Era rimasto in ottimi rapporti con tutti, anche con quelli che avevano iniziato a manifestare dubbi sulla sua correttezza. Questa era una sua caratteristica: alla fine riusciva sempre a farsi voler bene da tutti.

– Ma un'idea se la sarà fatta sul perché è stato ucciso o su chi...

Giulia sembrava essersi preparata per quella domanda. – Sì, qualche idea in merito me la sono chiaramente fatta.

Prima di continuare assunse un'aria pensierosa,

quasi volesse scegliere le parole giuste. – Essendo successo a casa sua, a Mantova, ho subito pensato a un delitto passionale. Lui era omosessuale, immaginavo quindi un amore respinto, un tradimento, una scenata di gelosia finita male o cose del genere. Successivamente, però, quando hanno ucciso anche il dottor Vinciguerra, ho pensato che non poteva essere una coincidenza. Secondo me i due omicidi sono in qualche modo collegati. Forse sono rimasta troppo suggestionata dai film che ho visto in televisione, ma per qualche motivo mi è venuto in mente un legame con la droga.

– Droga?

– Sì, con la coca. Quello è un ambiente dove gli errori o gli sgarri si pagano con la vita. Ripeto, forse ho visto troppi film, però lei voleva sapere che idea mi ero fatta...

Mentre Giulia parlava, Baroni la osservava con attenzione. Gli pareva sincera. Teneva le mani appoggiate sul tavolino. Non portava anelli. Le mani erano molto eleganti: forma affusolata e armoniosa, dorso stretto con dita lunghe, dritte e fini, unghie curate a forma di mandorla. L'unghia del dito anulare sinistro era lievemente scheggiata.

– Gualtieri faceva uso di cocaina?

Giulia lo guardò con un'espressione mista fra la sorpresa e l'imbarazzo. – Ispettore, ma davvero pensa che in questo ambiente non si consumino droghe?

Baroni tirò una boccata dal suo sigaro, cosa che faceva sempre quando doveva guadagnare tempo per pensare alla risposta giusta. – Lo immaginavo, ma magari Gualtieri era un'eccezione.

Giulia rimase in silenzio e fissò il tavolino su cui

era appoggiata solo la tazzina di caffè di Baroni. Rifletté che l'ispettore non le aveva nemmeno offerto qualcosa da bere.

– E lei come mai lavora in questa galleria? L'ha assunta Gualtieri?

– No, mi ha assunta il signor Bonalumi. Lavoro saltuariamente... solo due giorni alla settimana. Non sono assunta. – La ragazza esitò un momento, prima di riprendere: – Mi sto laureando in Scienze dei beni culturali. Ho sempre aiutato economicamente i miei genitori, lavorando come potevo, anche come cameriera nei ristoranti. Tutti lavoretti occasionali per portare a casa qualche soldo. Loro fanno già grandi sacrifici per me. Non siamo una famiglia benestante, vivo ancora in casa e cerco di non pesare troppo sul bilancio familiare. La vita a Milano è molto cara...

Giulia aveva assunto un'espressione malinconica, sembrava quasi a disagio.

– Capisco, non deve spiegarmi nulla di più, posso immaginare. Il suo impegno le fa onore.

Lei non rispose, e Baroni intuì che Giulia aveva ancora qualcos'altro da dire. – Guardi che tutto quello che mi dice rimane fra noi. Vuole aggiungere qualcosa?

– Non vorrei apparire ingrata. Gualtieri è sempre stato gentile con me.

– Ma...?

– Diciamo che, dal poco che ho capito lavorando qui, molti clienti hanno pagato per certi quadri somme molto più alte del dovuto. A me questa cosa non è mai piaciuta... Ma capisco anche che è un mondo che funziona così.

Baroni abbassò lo sguardo. Apprezzava la sincerità della ragazza e si mise nei suoi panni. Probabilmente anche lui si sarebbe adeguato. – Non deve scusarsi e comunque sappiamo già come Gualtieri gestiva gli affari. Per questo le chiedevo se qualcuno provasse odio o risentimento nei suoi confronti, magari non solo fra i suoi clienti, ma qualcuno al di fuori di quell'ambiente. Della sua vita privata non sa nulla?

– No, della sua vita privata non saprei dirle nulla. Non mi risulta che avesse nemici o ci fossero persone che avessero motivo di volergli male al punto di ucciderlo. Non credo... Come le dicevo prima, alla fine lui riusciva sempre a rimanere in buoni rapporti con tutti. Vorrei però chiarire quello che intendevo prima a proposito dei suoi quadri.

– Prego.

– Deve sapere che quando si trattano artisti cosiddetti emergenti, quindi sconosciuti, le loro opere non hanno un valore oggettivo, il loro valore si basa piuttosto sulle aspettative, sulla speranza che possano sfondare e diventare famosi, sulle recensioni che fanno i critici d'arte. Era questa la bravura di Gualtieri: lui faceva leva su quello e nella sua clientela alimentava quell'aspettativa. Poi chiaramente c'è anche chi compra un quadro solo perché gli piace, perché lo emoziona, ma diciamo che spesso lo si fa anche sperando di aver fatto un buon investimento.

L'ispettore apprezzò la franchezza di Giulia. D'un tratto notò che lei non aveva ancora ordinato nulla e si offrì di invitarla a pranzo.

– La ringrazio ispettore, mi basta un cappuccino, poi torno in galleria. Oggi devo uscire prima dal lavoro perché dopodomani ho un esame... – Sorrise timidamente e aggiunse: – L'ultimo, poi mi laureo. La tesi è già pronta.

Baroni si congratulò con lei e ordinò il cappuccino.

– E il dottor Vinciguerra? Lo conosceva?

– L'ho visto qualche volta alle mostre che Gualtieri organizzava qui a Milano. Collaborava con la galleria regolarmente, come critico d'arte. Una persona a modo, un intellettuale.

– Un intellettuale a pagamento, mi è parso di capire...

Giulia non sembrò gradire il commento dell'ispettore e ribadì la propria opinione. – A me sembrava una brava persona. Non lo conoscevo bene, ma mi aveva fatto una buona impressione: sempre gentile, molto competente, educato... Un gentiluomo.

Baroni prese nota e guardò l'orologio. – Giulia, la ringrazio per la chiacchierata. A proposito, che mi dice dei fratelli Bonalumi?

Lei sorseggiò il suo cappuccino, cercando le parole giuste per descriverli. – Sono la correttezza fatta persona. Da quando lavoro con loro non ho mai avuto motivo per lamentarmi. Sono gentili e mi sono sempre venuti incontro quando avevo qualche esigenza relativa agli studi, come oggi.

– E dopo la laurea? Intende rimanere con loro o ha altri progetti?

– Non credo di rimanere. Qui lavoro in nero e comunque non è la mia aspirazione fare la commessa in un negozio per quanto d'arte. Spero di poter lavorare per il ministero o per qualche altro ente che si occupa di beni culturali. Ci saranno a breve diversi concorsi. Spero di farcela...

– Le auguro un in bocca al lupo, Giulia. Se lo merita.

Baroni la ringraziò e i due si salutarono.

L'ispettore tornò verso la vettura di servizio con due sensazioni contrastanti. Per un verso realizzò di non aver fatto alcun passo avanti nell'indagine, ma la chiacchierata con la ragazza gli aveva allietato la giornata. Man mano che proseguiva la camminata, si rese anche conto che non avevano minimamente considerato la pista della droga. "E se fosse invece proprio quella la pista giusta?" si chiese.

Redazione del *Giornale di Mantova*, Mantova

La notizia era troppo ghiotta per non pubblicarla, un vero e proprio scoop da manuale. Occasioni simili si presentavano poche volte nella vita di un giornalista, praticamente mai in una città tranquilla come Mantova. E a lui, Matteo Faroni, direttore del *Giornale di Mantova*, quell'occasione si era presentata proprio quel giorno e sedeva di fronte a lui. Però c'era un problema: la fonte non era verificabile e nemmeno propriamente sicura.

Doveva trovare un modo, stavolta non poteva bucare una notizia tanto importante. Ma non poteva nemmeno inimicarsi del tutto la Procura e rischiare un procedimento disciplinare dall'ordine dei giornalisti. Il fattore tempo lavorava contro. Poche ore, al massimo quattro, poi il giornale sarebbe andato in stampa.

– Sei sicura al cento per cento? – chiese nuovamente il direttore, questa volta con un tono severo.

La giovane stagista annuì per l'ennesima volta, ma lui continuava ad avere dubbi. La ragazza lavorava al giornale da soli tre mesi e tutto d'un tratto si era presentata nel suo ufficio con quella notizia bomba. Nessuno dei suoi cronisti era riuscito a ottenere dagli inquirenti dei particolari sull'omicidio di Gualtieri, una delle persone più in vista della città. In Questura e in Procura tenevano tutti la bocca cucita e nessun dettaglio era emerso su come e perché fosse stato ucciso il gallerista. Si sapeva solo che gli era stata tagliata la gola. Nemmeno la concorrenza, il *Messaggero mantovano*, era riuscita a scoprire qualcosa. E quella ragazzina seduta di fronte a lui, senza alcuna esperienza e piena di acne, gli stava raccontando un'incredibile storia da prima pagina: i particolari della scena del delitto. Il direttore spense la sua sigaretta in un portacenere colmo fino all'orlo di mozziconi e se ne accese una nuova, fissando la ragazza. – Allora, ripetimi tutto dall'inizio, mi raccomando: non tralasciare nessun particolare!

Alla ragazza sembrava un interrogatorio. Abbassò lo sguardo, era umiliante dover ripetere per la quarta volta ciò che era venuta a sapere, e avrebbe voluto obiettare qualcosa, ma voleva a tutti i costi fare bella figura con il direttore e si adeguò. – Il ragazzo di una mia cara amica fa il poliziotto. La mattina dell'omicidio di Gualtieri lui era di guardia all'ingresso della Questura ed è stato uno dei primi ad accorrere dopo che è arrivata la chiamata al 113: una signora aveva segnalato che la sua vicina stava chiamando aiuto disperatamente. Il fatto stava accadendo in uno dei palazzi a fianco della Questura, tant'è che quelle grida arrivavano anche in strada e le sentirono perfino alcuni poliziotti. Quando lui è entrato nell'abitazione e si è trovato di fronte alla scena del delitto è rimasto sconvolto, tanto che ha vomitato lì sul posto. Per diversi giorni non ne ha parlato con nessuno, poi si è confidato con la sua ragazza, la mia amica.

– Fino a qui è tutto chiaro – la interruppe Faroni, sembrava molto nervoso. – E sei sicura che la tua amica non si è inventata nulla, giusto? È una ragazza seria? Non si droga, giusto? Non ti racconterebbe mai delle balle, giusto?!

La giovane stagista annuì silenziosamente per l'ennesima volta.

– Okay. Ora ripetimi esattamente cosa avrebbe

visto il suo ragazzo, usa le sue stesse parole.

– Dice che Gualtieri era seduto su una poltroncina del suo studio, con la gola recisa e con due tagli ai lati della bocca che arrivavano quasi fino alle orecchie... tipo Joker... e aveva gli occhi spalancati. Somigliava a uno zombi che ride.

Fece una pausa e per alcuni istanti i loro sguardi si incrociarono, quasi a volersi sfidare.

Faroni non disse una parola. Si alzò dalla scrivania, aprì la finestra dell'ufficio e si accese l'ennesima sigaretta. – Continua, per favore.

– I suoi vestiti erano pieni di sangue e teneva in mano uno scopino da water. Sembrava la scena di un film dell'orrore.

Il direttore, raccapricciato, la fissò intensamente per qualche secondo.

– Come già detto, né la mia amica né tantomeno il suo ragazzo vogliono essere tirati in ballo. Anzi, lui non lo sa nemmeno che la sua ragazza mi ha fatto questa confidenza.

Faroni annuì, in silenzio, con lo sguardo fisso fuori dalla finestra. Quel particolare complicava ancora di più il suo dilemma: basare la notizia su una fonte indiretta che andava tenuta anonima e che si è confidata con una novellina alle prime armi, la quale non ha ancora nemmeno il tesserino di giornalista. Pubblicarla sarebbe stato uno scempio da un punto di vista deontologico, ma lo scoop dell'anno a livello mediatico. E a ciò si aggiungeva il fattore tempo, il pericolo di farsi bruciare dalla concorrenza.

Gli era già successo solo pochi mesi prima, quando il quotidiano concorrente aveva anticipato in esclusiva le dimissioni del vicesindaco e di due assessori, un terremoto politico per la città, mentre lui aveva aperto il giornale con la strepitosa notizia della scarsa affluenza alla Sagra del tortello di zucca. Ogni volta che ripensava a quella giornata sentiva una voce provenire dal profondo che inveiva contro di lui: "Che figura di m...".

Faroni tornò con lo sguardo sulla ragazza, questa volta con un atteggiamento meno aggressivo. – Secondo te, la tua amica ne ha parlato con altri?

– No, non credo, però non posso esserne certa.

Il direttore annuì nuovamente. – Lo sai, vero, che se lei dovesse aver esagerato o addirittura essersi inventata tutto la tua carriera finirebbe qui, ancora prima di cominciare?! Ci tieni a diventare giornalista, vero? Sei assolutamente sicura che non ti abbia presa in giro?

La giovane stagista assunse un'espressone seria e confermò, sembrava sicura di sé. – Non avrebbe motivo per mentirmi. Me ne ha parlato diversi giorni dopo il fatto, facendomi una confidenza. Il suo ragazzo, il poliziotto, era ancora sotto shock.

– Va bene. Prepara il pezzo, duemila battute, usa termini come "fonte vicina agli ambienti investigativi", "vittima orrendamente mutilata", "probabile opera di uno psicopatico" eccetera. Metti in rilievo i due tagli alla bocca, il particolare dello scopino e degli occhi spalancati. Non parlarne ancora con nessuno, nemmeno con il caporedattore. Gliene parlerò io dopo. Ora vai, per cortesia, e chiudi la porta.

La ragazza non fece in tempo ad alzarsi che il direttore la richiamò. – Ancora una cosa. Di questo fatto non dovrai parlare con nessuno, nemmeno con la tua amica. Se mai dovessero chiedertelo, dirai che devi proteggere la tua fonte anonima e che comunque io ne ero già a conoscenza, che la sua era solo la conferma di qualcosa che già sapevo da altre fonti. Ci siamo capiti?!

Lei annuì e appena fu uscita dal suo ufficio il direttore prese il telefono e compose il numero della Procura.

– Il procuratore Morello, per cortesia. Sono Faroni, direttore del *Giornale di Mantova*. Gli dica che è urgente.

Galleria Gualtieri, Milano

Giovanni Bonalumi aveva rinunciato a sposarsi pur di poter badare al fratello minore. Era lui la sua famiglia. Vivevano insieme da sempre e quando divenne evidente che Stefano era lievemente ritardato, il suo amore fraterno aveva prevalso su ogni altra relazione.

Che Stefano fosse solo lievemente ritardato era una diagnosi personale di Giovanni. I medici, in effetti, avevano diagnosticato una "disabilità cognitiva di grado moderato", cioè un livello più grave del suo "lievemente". Significava che non necessitava di un'assistenza specializzata, non assumeva comportamenti autolesivi o di disadattamento e che, sotto supervisione, era in grado di svolgere le semplici mansioni quotidiane e le elementari attività di cura della propria persona, ma pur sempre e comunque in un ambiente protetto. Le cure farmacologiche e la psicoterapia avevano notevolmente migliorato il suo stato di salute mentale, tant'è che Giovanni non abbandonò mai la speranza che un giorno il fratello potesse condurre una vita normale o quasi. Se non fosse stato per il padre, un ricco industriale brianzolo, la sorte di Stefano sarebbe stata segnata da ben altri scenari.

Con la morte di Gualtieri, Giovanni doveva rivedere i suoi piani per il futuro. Sapeva bene come era finita la prima galleria di Gualtieri, quando lui se ne andò negli Stati Uniti e vendette la sua quota al socio. E la morte di Vinciguerra non poteva che peggiorare le cose, lui era una delle due colonne portanti della galleria. Ora quelle due colonne erano state demolite. Lui aveva rassicurato tutti, clienti, artisti e collaboratori vari, che avrebbero proseguito l'attività, anche per onorare la memoria del socio. E sarebbe stato nell'interesse di tutti che si continuasse con l'impostazione che Gualtieri aveva dato alla galleria. Ma la verità era che lui e suo fratello non avevano la più pallida idea di come funzionasse quel business.

– Forse è meglio vendere tutto, prima che sia troppo tardi, e ricominciare un'altra attività, che ne dici Stefano?

Erano seduti nello studio che era stato di Gualtieri. La galleria era aperta, ma a quell'ora di solito non c'erano clienti, e Giovanni poteva tranquillamente riflettere sul suo destino, sul loro destino.

– Stefano, come faremo senza Girolamo, che ne pensi?

Stefano lo fissava e non apriva bocca. Era rimasto immobile e continuava a guardarlo sorridendo. Nel suo completo Armani sembrava un manichino, se non fosse stato per il nodo della cravatta che lasciava un po' a desiderare. Giovanni se ne accorse e si alzò per aggiustarglielo.

– Sì, hai ragione, sarà dura... – continuò Giovanni pensieroso. – Non sarà per niente facile... Dai, facciamo quattro passi, che magari ci viene in mente qualcosa.

Stefano si alzò e Giovanni lo prese sottobraccio. Fare quattro passi significava per loro andare su e giù per la strada per sgranchirsi un po' le gambe e fermarsi al bar per un caffè, giusto per non rimanere tutto il giorno chiusi in ufficio. Lo facevano ogni pomeriggio, anche quando pioveva. In quelle occasioni lasciavano aperta la galleria, tanto rimanevano sempre nelle vicinanze.

Al loro ritorno i due fratelli si separarono. Giovanni tornò in ufficio per fare una telefonata mentre Stefano si appostò all'ingresso della galleria, come una guardia giurata.

Dopo dieci minuti Giovanni uscì dallo studio per raggiungere il fratello. Era di buon umore: il notaio di Gualtieri aveva convocato per l'apertura del testamento anche lui e Stefano. Significava molto probabilmente che avrebbero partecipato all'asse ereditario dell'ex socio. "Era veramente un galantuomo" pensò Giovanni. In quel preciso istante notò in mezzo alla sala principale uno strano oggetto. Era sicuro che il salone fosse sgombro quando erano usciti per la passeggiata.

Il parquet appena lucidato e la luce riflessa dei faretti che illuminavano i quadri appesi alle pareti esaltavano quell'oggetto solitario nel bel mezzo del salone, quasi fosse un'opera d'arte contemporanea esposta di proposito.

Giovanni lo guardò con attenzione e gli si avvicinò lentamente, a piccoli passi, quasi avvertisse un pericolo. Man mano che avanzava, quell'oggetto provocò in lui diverse sensazioni, che dall'iniziale stupore mutavano progressivamente in una crescente inquietudine.

Quell'oggetto era completamente fuori posto. Non poteva essere lì per caso, e nemmeno poteva trattarsi di uno scherzo. Neanche Stefano poteva averlo lasciato lì per distrazione. Era uno scopino da water.

Quel pomeriggio anche Lucibello partecipò al briefing in Procura. Il suo rapporto era molto minuzioso, proprio come piaceva a Morello. L'ispettore si era ben guardato dal riferire che era stato il professor Brambilla ad accennargli al nipote e allegò alla sua relazione i precedenti penali e i carichi pendenti dei familiari del professore, fino alla terza generazione.

– Di moventi per far fuori Gualtieri qui ce ne sono a bizzeffe... – commentò Morello, sfogliando il rapporto. – E forse anche per uccidere Vinciguerra. Magari l'omicida li riteneva entrambi colpevoli del suicidio di Michele Brambilla.

Il procuratore posò la cartelletta sulla scrivania. – Bisognerà sicuramente fare una bella chiacchierata con il nipote. Trovatelo e interrogatelo. Il professore ha un alibi per la notte del delitto?

Lucibello arrossì come un peperone, di colpo. Aveva chiesto di tutto a quel vecchietto, di tutto fuorché dove fosse la notte delitto.

Ardenti gli corse subito in soccorso. – Non ancora. Quell'uomo ha oltre settant'anni, non corrispondeva al profilo della persona che cerchiamo. Lo faremo non appena fermeremo il nipote.

L'imbarazzo era palpabile, ma il procuratore fece finta di nulla. – Va bene. Comunque, anche se non è stato lui, potrebbe aver aiutato il nipote.

– Certamente. Li interrogheremo entrambi.

– E da Firenze qualche novità?

– Sì, almeno due – rispose Lucibello. – Fra le ultime chiamate ricevute da Vinciguerra c'è un numero non più attivo, che ha chiamato due volte: il giorno prima e il giorno stesso dell'omicidio. Hanno verificato: si tratta di una scheda prepagata anonima, attivata all'estero.

– Ma ancora esistono delle SIM anonime? – chiese Ardenti.

– Evidentemente sì. Pare che in Slovenia, Croazia, Grecia, Polonia e in Inghilterra sia ancora possibile attivare schede telefoniche senza dover presentare documenti. Si trovano facilmente sui siti di e-commerce. Lo stesso vale per il codice identificativo di quel cellulare: dopo il delitto la rete telefonica non l'ha più rilevato. L'assassino non è stupido, se ne è liberato.

– Se ha dovuto usare un simile espediente per parlargli – dedusse Ardenti, – significa che non voleva farsi riconoscere dalla vittima.

– No, significa solo che non voleva lasciare tracce – lo interruppe il procuratore. – Insomma, stiamo da capo...

Morello si rivolse di nuovo a Lucibello. – E l'altra novità?

– C'erano diverse telefonate con Gualtieri. Non tantissime, a dire il vero, e nessun messaggio su WhatsApp. Anche diverse chiamate in entrata e uscita dal numero fisso della galleria di Milano e alcune sparute chiamate sul cellulare del socio, Bonalumi.

– Tutto qui?

– No, signor procuratore. La cosa interessante è che Vinciguerra e Gualtieri evidentemente si conoscevano da diversi anni. È uno dei pochi interlocutori che compaiono più o meno regolarmente nei tabulati, da oltre cinque anni, praticamente da quando Gualtieri è tornato in Italia. Non mi stupirei, a questo punto, se la loro conoscenza o amicizia risalisse addirittura al suo periodo trascorso negli Stati Uniti, o forse anche al periodo precedente.

– Bene. Questo è un punto da approfondire assolutamente. Dobbiamo avere il numero di telefono che Gualtieri usava negli Stati Uniti e i relativi tabulati. Voglio sapere se i due si conoscevano prima del suo rientro in Italia. Chiedete anche ai colleghi di Firenze se nei tabulati di Vinciguerra risultano telefonate negli Stati Uniti in quel periodo. Altro?

– Vinciguerra telefonava spesso alla madre, ai galleristi, agli editori... conoscenze professionali perlopiù. Stanno incrociando le informazioni che gli abbiamo messo a disposizione, ma finora non hanno trovato altro.

Morello annuì. – E lei, Baroni? Novità?

Baroni scosse il capo. – Per il momento no. Ho sentito i suoi due ex soci e una commessa della galleria. Gente comune, che lavora o studia, non avevano alcun motivo per ucciderli. Gli affari della galleria vanno bene e pare che Gualtieri abbia mantenuto sempre ottimi rapporti con la sua clientela, anche quando qualcuno iniziava a nutrire qualche dubbio sulla sua correttezza.

L'ispettore avrebbe voluto aggiungere l'impressione che aveva maturato nei giorni precedenti, cioè che lo scopino e le modalità dell'uccisione gli parevano macabre rappresentazioni artistiche, una sorta di... delitti d'arte. Però non gli sembrava il caso di condividerla con i colleghi.

– Gli incroci con il data base hanno dato qualche risultato?

– Per ora no, per quanto riguarda noi – nicchiò

Ardenti. – Nessuna delle vetture uscite quella notte da Mantova corrisponde a un indirizzo o a un nominativo della clientela della galleria o di qualcuno che lo ha chiamato al cellulare negli ultimi mesi. Lo stesso vale per i pernottamenti.

Morello tirò fuori da un fascicolo il rapporto sull'autopsia di Gualtieri.

– È arrivato il rapporto. Non è di grande aiuto. L'assassino non ha lasciato né tracce biologiche né impronte. Ha usato sicuramente guanti di lattice e ha narcotizzato la vittima, probabilmente con uno spray. C'erano tracce di narcotico su tutta la faccia e sulla camicia.

In quel momento la porta dell'ufficio si aprì e si affacciò un'anziana signora. – Dottore, c'è il direttore Faroni in linea. Vuole parlarle, dice che è molto urgente.

Morello la guardò sorpreso. Il direttore del *Giornale di Mantova* non era tipo da chiamare per futili motivi. Si fece passare la chiamata e dopo alcuni istanti assunse un'espressione algida.

– Non posso commentare questa notizia, ma sicuramente non aiuta le indagini in corso, se la pubblica. Tutt'altro.

Morello rimase ancora ad ascoltare le argomentazioni del direttore, e il suo tono si fece ancora più freddo. – Faccia come crede. Non rilascio alcuna dichiarazione in merito. Le ho già detto che così facendo non aiuta l'indagine. La saluto.

Morello chiuse la telefonata. Era infuriato. – Domani il *Giornale di Mantova* pubblicherà la dichiarazione di un testimone che ha visto la scena del delitto.

Il commissario e i due ispettori si guardarono stupiti.

– Può essere stato chiunque – commentò Ardenti, quasi volesse scusarsi. – Magari anche la governante, qualcuno della Scientifica o uno dei poliziotti che sono accorsi. O qualcuno del laboratorio che ha stampato le foto, i necrofori...

– Lo so, ma certe cose non dovrebbero succedere.

Ardenti capì subito il sottinteso del procuratore: se l'indagine fosse stata in mano ai carabinieri, quella fuga di notizie probabilmente non ci sarebbe stata. Il commissario avrebbe voluto ribattere, quando squillò il cellulare di Baroni.

L'ispettore estrasse il telefono per silenziarlo, ma l'utente lo stava chiamando da un numero con il prefisso di Milano. Non aveva molti conoscenti lì. Anzi, a ben pensarci uno solo... di una recente indagine... e non lo avrebbe mai chiamato da un numero in chiaro.

Baroni si scusò con i presenti e accettò la chiamata. Era Bonalumi, e la sua voce sembrava concitata.

Ferrovie Nord, Stazione Milano-Cadorna

I bagni dei bar circostanti erano solitamente puliti e col viavai di pendolari che c'era in quella stazione durante le ore di punta nessuno, nemmeno i baristi, faceva caso a chi entrava o usciva dalle toilette. Piazzale Cadorna era per giunta una delle zone più trafficate della città, con un importante snodo della metropolitana milanese. Ciononostante, per pura precauzione l'alter ego di Letizia cambiava spesso il posto in cui assumere l'identità di Giulia.

Letizia frequentava quasi tutti i giorni l'università a Milano, ma non era consapevole del fatto che, almeno due volte alla settimana, il suo alter ego le faceva recitare il ruolo di Giulia presso la Galleria Gualtieri. Ci impiegava meno di dieci minuti per mettersi o togliersi la parrucca bionda, il finto neo accanto al labbro, le lenti a contatto colorate e cambiarsi d'abito.

Anche quel pomeriggio, di ritorno da una giornata di lavoro passata in galleria, Giulia entrò in un'affollata pasticceria e una volta raggiunta la toilette si sfilò la gonna e la maglia, le stipò nello zainetto, indossò i jeans e la felpa dei Ramones con cui era uscita di casa e riprese le sembianze di Letizia. Tirò fuori dallo zainetto anche un libro di testo e uscì dal bagno per raggiungere il primo treno regionale che l'avrebbe portata a Bollate, ne partiva uno ogni venti minuti. Là il nonno sarebbe venuto a prenderla, altrimenti si sarebbe fatta volentieri anche poco meno di mezz'ora a piedi.

Da oltre otto mesi Letizia stava inconsapevolmente recitando il ruolo di Giulia. Non era stato difficile: parrucca bionda, lenti a contatto colorate, un neo e un leggero trucco. Letizia impostava anche un diverso tono della voce quando assumeva l'identità di Giulia: più calmo, più profondo.

Farsi assumere presso la galleria di Gualtieri era stato facile. Una mattina si era presentata con il curriculum in mano, e Giovanni Bonalumi era stato ben contento di potersi avvalere di una collaboratrice di bella presenza che si accontentava di una paghetta in nero. Nessuno, nemmeno il commercialista, aveva voluto verificare i suoi dati personali, tantomeno il curriculum.

"Studentessa laureanda in Scienze dei beni culturali..." aveva scritto nella sua presentazione. Forse sarebbe stato più appropriato definirsi "angelo vendicatore di mio padre".

Era l'unico modo per avvicinarsi a Gualtieri, capire come gestiva i suoi affari, conoscere i suoi collaboratori più stretti e le sue abitudini. Voleva scoprire a tutti i costi se aveva ragione il nonno quando diceva che papà era stato truffato dal gallerista. Non ci volle molto per giungere alla medesima conclusione, soprattutto dopo aver capito il ruolo di Vinciguerra. Quella galleria d'arte non poteva funzionare senza il sistema truffaldino che aveva organizzato il gallerista, e il professore lo doveva sapere.

Dopo la visita dell'ispettore Baroni, Giulia decise che era ora di sparire e di dare l'addio a Giovanni e Stefano Bonalumi. Ma le rimaneva un'ultima missione da compiere: scongiurare il pericolo che i due fratelli facessero la stessa fine del padre. Doveva in qualche modo avvertirli di liberarsi dalla galleria prima che andasse inevitabilmente in malora, trascinandoli nel baratro. I due le erano sembrati brave persone e col tempo si era anche affezionata a Stefano. Era un'anima candida, pura, sempre premuroso con lei, non conosceva il male, e lei ci teneva che non facesse una brutta fine.

Non sarebbe stato difficile attendere la loro quotidiana passeggiatina e fare un'incursione senza lasciare traccia. Erano bastati la felpa col cappuccio e il cappellino da baseball che teneva sempre nello zainetto, come aveva già fatto a Mantova.

Avrebbe lasciato loro un ricordino anonimo che li avrebbe sicuramente spaventati e indotti a disfarsi della galleria. Che lei si sarebbe licenziata dopo il suo presunto ultimo esame lo aveva da tempo anticipato a tutti, compreso all'ispettore, e la cosa non avrebbe destato sospetti. Poi Giulia sarebbe sparita per sempre.

Baroni sbiancò e non disse una parola. Guardò i presenti con gli occhi sbarrati. – Non tocchi nulla. Chiuda la galleria e attenda il mio arrivo. Sarò lì al massimo fra un'ora e mezzo, poi le spiego tutto.

Terminò la chiamata e guardò il procuratore. Tutti lo fissavano in attesa che parlasse.

– Era Bonalumi, il socio di Gualtieri. Ha trovato uno scopino da water in bella vista in mezzo al salone della galleria.

Nella stanza calò un silenzio tombale. Morello e Ardenti si guardarono sbalorditi.

Il primo a prendere la parola fu il procuratore. – Baroni, vada subito là. Commissario, avverta i colleghi di Milano di mandare immediatamente una pattuglia davanti alla galleria e avverta anche la Scientifica per fare tutti i rilievi.

Baroni uscì dalla stanza, e Ardenti agguantò il cellulare per dare le disposizioni ricevute.

– Quel bastardo ci sta sfidando – sibilò Morello, maneggiando il fascicolo dell'indagine.

– Ma il gallerista può conoscere il significato dello scopino? Perché l'omicida avrebbe dovuto lasciargli quel messaggio? – chiese il commissario.

– Il messaggio non era per Bonalumi, era rivolto a noi, Ardenti! – urlò Morello, sbattendo il fascicolo sul tavolo. – Quel pazzo psicopatico si sta prendendo gioco di noi!

Il commissario evitò lo sguardo del procuratore. Non lo aveva mai visto così infuriato. – Perché correre un tale rischio? Avrà saputo della visita di Baroni alla galleria e ha voluto... – Ardenti s'interruppe, prese il cellulare e chiamò Baroni. – Franco, recupera tutti i filmati delle telecamere adiacenti alla galleria. È situata nel centro di Milano, ce ne saranno a dozzine e devono per forza aver filmato l'assassino mentre entrava e usciva dalla galleria.

Morello guardò Ardenti e annuì. Sembrava essersi calmato.

– Bene, giusto. Forse quel bastardo ha fatto il suo primo errore. È tipico dei criminali intelligenti pensare di superare in astuzia gli investigatori. Ma a noi basta che commettano un solo errore.

– A proposito di errori – intervenne il giovane ispettore Lucibello, – noi siamo sempre partiti dal presupposto che l'assassino fosse un uomo. E se invece fosse una donna?

Morello e Ardenti lo guardarono meravigliati, e Lucibello si morse la lingua. Forse non era il momento giusto per fare un simile commento.

– Giusta osservazione, ispettore – rifletté Morello ad alta voce, riprendendo in mano il fascicolo. – La figlia di Brambilla, il gallerista che si è suicidato. Quanti anni ha?

Il procuratore estrasse la sua scheda e la esaminò. – Ha ventun anni. Potrebbe aver agito come complice del fratello. Aggiungiamola alla lista dei sospettati. Trovatela, la interrogheremo col fratello.

Ardenti annuì, fece un cenno a Lucibello e i due uscirono.

Letizia svuotò lo zainetto sul letto e sistemò sulla scrivania il quaderno degli appunti e i libri di testo. La sua camera era molto ordinata e quell'ordine le serviva a mantenere un minimo di serenità nella sua routine quotidiana, per quanto possibile.

Da diversi mesi soffriva di vere e proprie amnesie che le impedivano di ricordare situazioni o accadimenti vissuti pochi giorni o anche solo pochi attimi prima. Quei vuoti di memoria erano significativi, andavano al di là delle semplici dimenticanze e riguardavano anche informazioni personali, preferenze alimentari, modi di vestire o addirittura modo di parlare e di relazionarsi con gli altri.

Quella mattina si era recata come sempre a Milano per frequentare il corso di Letteratura moderna all'università ma, per l'ennesima volta, al suo ritorno non ricordava nulla di quella lezione.

Fece mente locale sull'aula universitaria, sui compagni di corso, sui docenti. Le immagini erano sfocate e non riusciva a collocarle in una casella temporale. Com'era possibile confondere le giornate passate all'università e dimenticare del tutto diverse lezioni? Quel giorno le era successo di nuovo.

Prese in mano il suo quaderno e lo sfogliò. Notò preoccupata che gli ultimi appunti risalivano alla lezione del giorno precedente. Possibile che non avesse scritto nemmeno un'annotazione quella mattina? Eppure era appena rientrata a casa di ritorno dall'università, il nonno era anche andato a prenderla alla stazione, come quasi tutti i pomeriggi. Lei era andata a Milano, ne era sicura! Ricordava anche di aver ripassato in treno un'analisi dantesca di Pascoli eppure, in quel momento, non riusciva a rammentare nulla della lezione di quella mattina. Letizia diede nuovamente un'occhiata al calendario e poi anche al suo cellulare per accertarsi della data.

Si sedette sconsolata sul bordo del letto. Era consapevole che quei frequenti vuoti di memoria le impedivano di condurre una vita normale, ma non voleva confidarsi con i nonni, tantomeno con la psicologa che l'aveva in cura. Qualcosa le diceva che era meglio non farne parola con nessuno.

Riprese in mano lo zainetto e all'interno trovò per l'ennesima volta quella parrucca bionda, degli indumenti che non le appartenevano e il set di lenti a contatto che aveva buttato nel cestino della spazzatura la sera prima.

Era affranta. Quella scena si ripeteva ormai da mesi. Si era spesso chiesta di chi fossero quegli oggetti e a cosa servissero senza mai trovare una spiegazione logica. Aveva cercato più volte di liberarsene, nascondendoli o gettandoli nella spazzatura, ma per qualche inspiegabile motivo continuavano a spuntare fuori dal nulla. Osservò la parrucca: era sempre la stessa. Letizia chiuse gli occhi e si sdraiò sul letto. Possibile che quella parrucca e le lenti a contatto appartenessero ai nonni? Chiaramente no, lo aveva escluso già più volte. Oppure a Luca? Anche quello era da escludere. Suo fratello tornava a casa solo di rado e comunque non aveva accesso al suo bilocale.

Avrebbe voluto sfogarsi in un pianto liberatorio perché non riusciva a capire: quegli oggetti non avevano senso, non le appartenevano, eppure continuavano a ricomparire nel suo zainetto, nell'armadio o da qualche altra parte. Stava forse diventando pazza? O schizofrenica?

Lo stesso problema la tormentò quando seppe dei due omicidi. Il dubbio di averci a che fare, anche solo indirettamente, la assalì quando si rese conto di non avere un alibi. Seppe dell'omicidio di Vinciguerra solo per caso, tre giorni dopo. Aveva anche controllato sul quaderno degli appunti dell'università per verificare se quel giorno avesse frequentato le lezioni, ma quella pagina era vuota. Quando era stato ucciso Gualtieri, invece, aveva partecipato sicuramente al corso, gli appunti che aveva preso quella mattina lo dimostravano, però l'omicidio era avvenuto la sera tardi e quindi non provavano la sua estraneità al delitto. Letizia era angosciata. Per quanto si sforzasse non ricordava nulla. Possibile che fosse lei a usare quegli oggetti o che addirittura avesse a che fare in qualche modo con gli omicidi?

Ogniqualvolta cercava di trovare una spiegazione a quelle domande, una terribile emicrania la tormentava e col passare del tempo decise che era meglio non pensarci più. L'unico modo per ritrovare un minimo di serenità e di mettere ordine nella propria vita era quello di non porsi più quelle domande e cercare di convivere con le sue smemoratezze. Il tempo, diceva il nonno, è galantuomo e, prima o poi, quella situazione assurda sarebbe terminata da sé.

Diede un'occhiata ai libri di testo che aveva sistemato ordinatamente sulla scrivania. Era riuscita a diplomarsi alle scuole serali e i nonni l'avevano convinta a continuare a studiare all'università. Si era iscritta alla facoltà di Lettere e la speranza del nonno era di riuscire a piazzarla, prima o poi, presso l'istituto scolastico privato che lui aveva diretto per molti anni, a duecento metri da casa.

A differenza del fratello, Letizia aveva infatti riacquisito apparentemente un certo equilibrio. Dopo aver ripreso a parlare, aveva cominciato a condurre una vita tutto sommato normale, fatti salvi i suoi stati d'ansia, le sue amnesie e una lieve depressione latente che, secondo i nonni, si sarebbero attenuati col tempo. Era una ragazza diligente, s'impegnava negli studi e la sera non usciva quasi mai di casa. Luca era invece ormai irrecuperabile, a giudizio del nonno.

Su consiglio della psicologa, i nonni le avevano anche messo a disposizione uno dei due bilocali situati al piano terra della villetta in cui abitavano, per stimolare in lei maggiore autosufficienza e quindi autostima. Poteva condurre una vita completamente indipendente, ma pur sempre sotto la tutela dei nonni.

A Letizia la cosa non dispiaceva: quando voleva, le bastava salire le scale o alzare la cornetta del citofono per farsi servire e riverire come una principessa. Col passare degli anni diradò le visite ai nonni, e anche loro cominciarono a rispettare la sua privacy, smettendo di scendere ogni giorno per chiederle come stesse.

Ma, soprattutto, vivere da sola permetteva alla sua identità parallela di convivere senza dare nell'occhio. Giulia voleva portare a termine il suo piano lasciando ignara Letizia. Lei non avrebbe dovuto subire ulteriori traumi. Il lavoro sporco l'avrebbe fatto Giulia che, consumata la vendetta, sarebbe sparita per sempre, lasciando condurre a Letizia la vita nella serenità che meritava.

Baroni scelse di prendere l'autostrada. Il tragitto era molto più lungo, ma con il lampeggiante acceso, le sirene spiegate e una velocità media di centocinquanta chilometri all'ora ci avrebbe messo molto di meno che non passando per tutti i paesini di periferia. La sua guida non era spericolata, lui, piuttosto, la definiva sportiva.

Sentiva l'adrenalina liberarsi nell'organismo e il battito cardiaco accelerare. Si accese anche un sigaro che, a suo dire, gli serviva ad aumentare la concentrazione.

"Perché lasciare uno scopino da water nel salone della galleria...? L'assassino ha corso un grande rischio" pensò. "Il messaggio era rivolto ai fratelli Bonalumi o a noi investigatori?"

Al telefono il gallerista sembrava turbato: inizialmente aveva pensato a un atto di vandalismo, a uno scherzo di cattivo gusto, ma in un secondo momento gli era venuto un dubbio e lo aveva chiamato. Disse testualmente: – A pensarci bene, non mi sembra uno scherzo, ha più l'aria di una minaccia, di un avvertimento. – Non poteva sapere che quella era la firma di un assassino psicopatico.

Lo chiamò e Bonalumi rispose al primo squillo.

– Sono Baroni.

Il gallerista lo interruppe subito. – Cosa sta succedendo, ispettore? C'è una volante davanti alla galleria!

– È per la vostra sicurezza, non si preoccupi.

– Mi sto preoccupando invece, eccome! Prima mi dice di non toccare nulla e di chiudere la galleria, poi mi trovo una volante davanti al negozio. Tutto questo per uno scopino da water? Allora è vero che è un avvertimento!

– Non potevo dirglielo prima, signor Bonalumi. Lei ora è al sicuro, non deve preoccuparsi. Abbiamo ragione di credere che quell'oggetto abbia a che fare con gli omicidi.

– Quelli di Gualtieri e Vinciguerra?

Dalla voce l'ispettore capì che Bonalumi era spaventato.

– Esattamente. Io sto arrivando e sarò lì fra un'oretta al massimo. Le spiegherò tutto.

Baroni, concentrato sulla guida, stava valutando se e come spiegare il significato di quel maledetto scopino, se era il caso di dirgli la verità. Poteva avere un duplice significato: un avvertimento rivolto ai due fratelli oppure una sfida lanciata agli investigatori.

La suoneria del cellulare interruppe il flusso dei suoi pensieri. Era Anna. Voleva sapere se sarebbe riuscito a fare una commissione per lei prima di rientrare per cena.

– Non lo so, tesoro. Ora sto andando di corsa a Milano. Sono di fretta, non ho idea di quando sarò di ritorno. Ti richiamo appena posso.

Mentre stava pronunciando quella frase, Baroni ebbe un déjà-vu: realizzò che stava ripetendo esattamente una delle frasi fatte che avevano progressivamente portato alla fine della sua relazione precedente. Anche il tono con cui l'aveva pronunciata ero lo stesso: poco empatico, poco rispettoso, sbrigativo. Era sulla buona strada per commettere nuovamente lo stesso errore, quello di dare più importanza al proprio lavoro che alla vita di coppia, di non dare sufficiente importanza alle esigenze della sua compagna.

No, non sarebbe finita nuovamente così, decise l'ispettore. Non questa volta, non con Anna.

– Anzi, no, amore. Ho cambiato idea. Dimmi cosa ti serve, sarò a casa per cena puntuale come un orologio svizzero. Poi, se ti va, andiamo al cinema. Ho voglia di uscire stasera. Che ne dici?

Anna apprezzò moltissimo la proposta e dal tono della voce a Baroni parve di vederla sorridere.

– Anna?

– Sì?

– Mi manchi tanto. Ti amo.

– Anch'io.

Baroni terminò la chiamata rasserenato e tornò a concentrarsi sulla guida, ma la voce spaventata di Bonalumi continuava a riecheggiare nella sua mente e, per qualche attimo, anche le foto della scena dell'omicidio di Vinciguerra gli si materializzarono davanti come per incanto. La spietatezza e la crudeltà con cui l'assassino aveva infierito sulla sua vittima lo facevano star male. Per diversi colleghi il cinismo diventava l'unico modo per difendersi dal ribrezzo che provavano per la malvagità di cui è capace l'uomo. Il suo antidoto era, invece, l'amore di Anna. Essere nel suo cuore lo faceva sentire protetto.

Quella sera le avrebbe portato anche dei fiori.

Abitazione del professor Brambilla,
provincia di Milano

Dopo l'incursione in galleria, Giulia si era cambiata come di consueto in un bar della stazione e prese il treno regionale per Saronno. Come sempre trascorse il breve tragitto guardando fuori dal finestrino. Osservò disincantata il desolante paesaggio della periferia milanese quasi in uno stato di trance, salvo destarsi di colpo alla vista del cartello che indicava la stazione di Bollate.

Quel pomeriggio il nonno non era venuto a prenderla, e lei si fece una lunga camminata. Era di buon umore, spensierata, anche se non ne capiva bene il motivo. Ebbe la netta sensazione che qualcosa in lei stesse cambiando, in meglio. Non percepiva più quella presenza estranea nella sua mente. Ci aveva convissuto sin dal giorno della tragedia di suo padre, ma quel pomeriggio, da quando era salita sul treno per tornare a casa, quell'ingombrante compagnia sembrava essersi fatta da parte.

Provò improvvisamente una sensazione di sollievo, come se si fosse liberata di un enorme peso che da anni la opprimeva. Arrivata a casa si buttò sul letto e si crogiolò fra i cuscini, lasciando che il sonno prendesse il sopravvento.

I giorni che seguirono si rivelarono straordinari per la sua salute. Rimase in casa per oltre una settimana, assalita da un'insolita spossatezza. Con la scusa di essersi presa una brutta influenza e di volersi curare da sola si era assicurata di non essere disturbata dai nonni.

Passò la maggior parte del tempo a dormire o riposare, provando sensazioni di serenità e pace interiori mai vissute prima. Non comprendeva la causa di quella forte stanchezza e di quel bisogno di sonno. Era la soddisfazione per la serenità che aveva ritrovato? Oppure la convinzione di essere guarita dalle sue consuete amnesie? Ogni volta che si risvegliava e si poneva quelle domande non riusciva a darsi una risposta e tornava a dormirci sopra.

Erano sonni lunghi e profondi, che la facevano stare bene e durante i quali sognava spesso il padre, ricordando i momenti più felici passati insieme e immaginando la sua vita nell'aldilà come un'esperienza positiva, che non lo faceva soffrire. Il suo addio alla vita terrena non era stato altro che il passaggio in una nuova dimensione.

Giulia si stava progressivamente ritirando negli inesplorabili abissi del suo subconscio, portando con sé quell'identità e il trauma della morte del padre. Placata la sua sete di vendetta, avrebbe lasciato che Letizia rimanesse semplicemente se stessa e che conducesse finalmente una vita normale, senza più amnesie, una vita tutta sua.

Non essere consapevole dell'esistenza di Giulia e tantomeno di ciò che aveva fatto era una caratteristica tipica del disturbo dissociativo dell'identità, come i passaggi istantanei da una personalità all'altra. Non avrebbe mai saputo cosa aveva fatto Giulia, e questo fu un bene per Letizia.

Giulia aveva pianificato l'omicidio di Gualtieri nei minimi dettagli. Era arrivata a Mantova in macchina con un ragazzo che da tempo la corteggiava. Si erano conosciuti durante una delle sue pause pranzo al bar accanto alla galleria. Non era stato difficile convincerlo ad accompagnarla per vedere lo spettacolo dei due comici. Mezz'ora prima che lo spettacolo terminasse, Giulia finse di avere una perdita mestruale. – Cose da donne, non preoccuparti. Vado in bagno... Mi raccomando, tienimi il posto – gli disse strizzandogli l'occhio, e lasciò il teatro. Per raggiungere l'abitazione di Gualtieri ci volevano non più di otto minuti a piedi. Quella sera indossava dei jeans extralarge e durante il percorso indossò la felpa col cappuccio e il cappellino da baseball che teneva nello zainetto. Chi avrebbe visionato le registrazioni delle telecamere sarebbe stato facilmente tratto in inganno. Gualtieri fu alquanto sorpreso quando sentì la sua commessa al citofono e non esitò a farla salire in casa. Una volta compiuto il delitto, Giulia tornò al teatro, stipò felpa e berretto nello zainetto e raggiunse il suo amico fra la folla degli spettatori appena usciti dal teatro.

Quella sera, non appena riaccompagnata a casa, un'inconsapevole Letizia, uscendo dalla doccia, notò con stupore il disordine nel suo guardaroba e la parrucca bionda nascosta fra gli indumenti. Si chiese preoccupata cosa fosse successo, ma, come sempre in quei casi, decise di dormirci sopra per evitare la consueta emicrania che l'affliggeva quando cercava di ricostruire i momenti coperti da amnesia.

Lo stesso avvenne a Firenze con Vinciguerra. Anche in quel caso fu Giulia a presentarsi e farsi ricevere senza destare sospetti con la frottola della perizia che voleva commissionargli uno studio legale. Per l'occasione si era fatta un make-up molto aggressivo e pesante, sufficiente per non farsi riconoscere. Una volta entrata in casa, sfogò la sua furia.

Vinciguerra, a suo vedere, era ancora più colpevole di Gualtieri. Il gallerista era tutto sommato solo un abile commerciante truffaldino, il cui scopo di far soldi alle spalle degli altri era evidente, ma il suo complice Vinciguerra no: era un intellettuale, un critico e storico dell'arte affermato. Si era venduto a Gualtieri, tradendo così la fiducia che veniva riposta in lui dal pubblico e da suo padre. A lui aveva riservato la pena più umiliante, come fece Dante, che condannò all'ultimo e più profondo cerchio dell'inferno i fraudolenti contro chi si era fidato.

Vinciguerra e Gualtieri. I due responsabili della morte di suo padre avevano fatto la fine che meritavano e a entrambi aveva lasciato in mano lo scettro che si erano guadagnati: "Così sapranno anche cosa fare con la loro arte contemporanea..." si disse compiaciuta.

Avevano fatto fortuna imbrogliando tutti, compreso suo padre, che si era ritrovato a gestire un'attività destinata inesorabilmente a fallire. Era giusto che i due andassero all'inferno portandosi dietro un trofeo degno di loro e acconciati a dovere: Vinciguerra senza la sua faccia di bronzo e Gualtieri con il suo bel sorriso da venditore senza scrupoli.

L'idea dello scopino gliel'aveva involontariamente suggerita proprio Vinciguerra durante un ricevimento organizzato in galleria. Il critico aveva suscitato l'ilarità di alcuni suoi colleghi con una battuta sulla fine dell'arte contemporanea rappresentata da un gabinetto d'oro creato da un noto artista italiano. Quella divertente battuta era rimasta impressa a Giulia.

Letizia si sdraiò sul letto. Guardò il soffitto e si rilassò. Aveva lasciato in un angolo della cucina, pronti per finire nel bidone della carta, alcuni quotidiani che riportavano notizie sui due omicidi. Li aveva letti con interesse e conosceva a memoria la parte che le interessava, ma ormai non le servivano più. Per la prima volta si sentì libera. Giulia era uscita dalla sua vita, ma avrebbe comunque continuato a vigilare su di lei e a proteggerla da chiunque avesse osato farle del male.

Milano

L'ispettore Lucibello non era pratico della Milano by night, ma cercarlo nei luoghi in cui spacciava abitualmente pareva essere l'unico modo per trovare Luca Brambilla.

Il nonno non sapeva dove fosse, e lui non rientrava a casa da almeno due settimane. Notificare un formale invito a presentarsi in Questura in questi casi di irreperibilità avrebbe richiesto una procedura troppo lunga, e l'ispettore non voleva perdere tempo. D'altronde Luca non era indiziato, nulla lo legava direttamente agli omicidi, a parte un possibile movente, si trattava quindi solo di assumere sommarie informazioni e capire se escluderlo o no dalle indagini.

Per fortuna Luca era un soggetto attenzionato, un modo burocratese per dire che la Polizia lo teneva d'occhio. Un collega milanese dell'Antidroga diede a Lucibello una lista dei posti in cui solitamente bazzicava di notte: un chiosco kebab vicino a Piazzale Loreto, la discoteca Eighty Eight, frequentata soprattutto da naziskin, e un night gestito dalla mala albanese in zona Stazione centrale. Tutti luoghi che di notte era meglio evitare. Lucibello era contento di sapere che i colleghi della Mobile di Milano gli avrebbero dato una mano.

Non ci volle molto: lo individuarono un paio di giorni dopo all'Eighty Eight. Erano le due di notte e Luca era appoggiato al bancone. L'ambiente era molto affollato e non sembrava particolarmente ospitale, almeno per chi non aveva qualche svastica tatuata sul collo, in faccia o sul cranio rasato a zero.

Un gruppetto di teste rasate si era appena allontanato da Luca, che si stava infilando in tasca delle banconote.

Dalla faccia che il giovane aveva fatto quando gli si erano avvicinati i due agenti in borghese era facile desumere che era nel bel mezzo della sua attività di spaccio. Che fossero poliziotti o carabinieri non c'era alcun dubbio, nonostante il loro look trasandato. Luca lo intuì dal marsupio che portavano intorno alla vita.

Il ragazzo lanciò una rapida occhiata alla sua via di fuga: un'uscita di sicurezza con i maniglioni antipanico situata accanto al bancone. Era libera. Ma gli agenti capirono le sue intenzioni e lo anticiparono.

– Ciao, Luca. Tranquillo, non siamo qui per la droga – lo rassicurò il primo.

– Siamo della Mobile – aggiunse il collega, mostrandogli il tesserino. – C'è un ispettore di Mantova che vuole parlarti. Non sei in arresto, vuole solo scambiare due parole con te.

Il poliziotto dovette alzare la voce per farsi capire, il volume in quella discoteca era assordante e le luci stroboscopiche quasi accecanti. Luca li squadrò e rispose qualcosa d'incomprensibile.

– Non mi sembra un gran bel posto per parlare, che ne dici se usciamo? – gli intimò il collega, prendendolo per un braccio. Luca fece per reagire e i due lo bloccarono guardandosi intorno.

– Luca, puoi anche rifiutarti di venire con noi, però allora dovrei perquisirti. Sicuro che sia la scelta migliore per te?

Il ragazzo era indeciso, e gli agenti si guardarono intorno. Non vedevano l'ora di uscire da lì. Erano troppo esposti e con quel genere di persone non si sapeva mai come poteva andare a finire. Un paio di giovanotti con facce poco raccomandabili li stavano per giunta osservando con aria di sfida. Luca valutò brevemente le sue opzioni e si convinse che era meglio non opporre resistenza. Tutti e tre guadagnarono l'uscita senza intoppi.

La mattina dopo Lucibello venne informato che Luca Brambilla, figlio dell'ex socio di Gualtieri morto suicida, si era presentato in Questura per conferire con lui.

Ardenti o Baroni si sarebbero sicuramente recati di corsa a Milano per interrogarlo di persona, Lucibello ne era sicuro, ma secondo lui quelli erano metodi antiquati: una videochiamata sarebbe stata più che sufficiente. Lo stesso valeva per le tecniche di interrogatorio. La vecchia scuola puntava spesso sull'intimidazione del soggetto da interrogare, mettendolo alle strette e facendo emergere eventuali contraddizioni nelle sue dichiarazioni, mentre Lucibello piuttosto preferiva stabilire un rapporto di rispetto reciproco, cercando non di giudicare o accusare ma piuttosto di immedesimarsi nell'interlocutore e capire il suo punto di vista. Evitava altresì di usare termini che implicassero un giudizio negativo del reato su cui indagava, che fosse un omicidio o uno stupro, parlandone semplicemente come di un evento o di una dinamica di cui prendeva atto, in modo da non colpevolizzare il soggetto e indurlo così a parlarne liberamente e confessare.

Appena avviata la videochiamata, Lucibello si scusò con Luca per la modalità un po' rocambolesca con cui era stato convocato e gli chiarì subito che non si trattava di un interrogatorio formale, non era quindi necessaria la presenza di un avvocato, a meno che non emergessero elementi di responsabilità penale. A quel punto l'ispettore avrebbe interrotto l'audizione e avvertito Luca che la sua posizione era cambiata: da persona informata sui fatti a indagato, con tutte le conseguenze del caso.

Sbrigate le formalità di rito e poste alcune domande di circostanza, l'ispettore andò dritto al punto. – Luca, sappiamo che Gualtieri ha indotto tuo padre al suicidio. Ti capisco, deve essere stato terribile per te e tua sorella. Dimmi com'è andata – esordì l'ispettore.

Dopo solo venti minuti Lucibello si rassegnò. O era un ottimo attore o Luca non aveva davvero la più pallida idea di cosa gli stava chiedendo. Dalle risposte che dava, pareva non fosse nemmeno al corrente dei due omicidi o della sua visita fatta al nonno pochi giorni prima.

Lucibello era in dubbio se continuare, quel ragazzo non sapeva davvero nulla. Ma volle fare un ultimo tentativo. Tanto valeva bluffare, a costo di superare il limite che gli era consentito.

– Guarda, Luca, è inutile fare il finto tonto. Sei già fottuto. Vuoi veramente prenderti l'ergastolo? Abbiamo trovato le impronte sullo scopino...

Il ragazzo ebbe subito una spontanea reazione di stupore e si chinò in avanti verso lo schermo del computer per capire se avesse sentito bene. – Eh? Scusi, ispettore... non ho capito bene la domanda. Dov'è che ci sarebbero le mie impronte?

Lucibello lo fissò ancora per qualche secondo. La sua impressione era che Luca fosse sincero, e si arrese. – Niente, hai capito male. Lascia perdere. Ripetimi piuttosto dov'eri la notte dell'omicidio di

Gualtieri.

– Le ho già spiegato, ispettore, che non so nemmeno chi fosse. A me di quel signore non è mai importato nulla. Manco mi ricordo dov'ero l'altro ieri...

– E cosa sai dirmi di Vinciguerra?

– Di chi?

– Del professor Vinciguerra.

– Non ho mai sentito questo nome. Chi è?

L'ispettore stava già valutando di chiuderla lì, quando il ragazzo riprese la parola: – Ma è mio nonno che le ha messo in testa che io possa entrarci qualcosa?

– No, assolutamente, è la normale procedura.

– Non credo, ispettore. Me lo aspettavo... Hanno sempre tutti avuto riguardo solo per mia sorella, per me no, mai. A cominciare da mio nonno... – Luca assunse un'espressione triste, sconfortata. – Come se perdere il padre a quindici anni e avere la madre scappata di casa fosse normale. Per Letizia hanno speso un patrimonio in cure mediche e psichiatriche... A me nemmeno i soldi per la benzina. Ho dovuto affrontare quello shock da solo, persino quando sono arrivati tutti quei soldi dagli Stati Uniti.

– Quali soldi? – chiese Lucibello, incuriosito.

– Ah, questo non glielo ha detto mio nonno! Dopo il suicidio di mio padre una fondazione americana ha donato duecentomila dollari per curare me e Letizia. Era ovvio che fosse stato l'ex socio anche se non voleva apparire. Per mio nonno quella era la prova che si sentiva responsabile di quanto era accaduto. Io non ero in grado di giudicare, però quello che mi ha fatto più soffrire, oltre alla sua tragica morte, è stato che tutte le attenzioni della famiglia si concentrarono esclusivamente su mia sorella. Per me mai una parola di conforto, di affetto, di incoraggiamento.

Luca era affranto e continuò a parlare fissando il tavolo. – Per loro ero un fallito, perché non andavo bene a scuola e frequentavo i centri sociali. Non capivano che anch'io stavo soffrendo. Mio padre era l'unica persona che si prendeva cura di me e mi voleva bene. Dopo la sua morte sono andato in depressione e mi sono allontanato sempre di più dai nonni e da mia sorella. E loro, invece di cercarmi, mi hanno abbandonato al mio destino. L'unica cosa che sapeva dirmi mio nonno era che dovevo riprendere gli studi, rimettermi in riga, che in famiglia erano tutti laureati, che stavo conducendo una vita da miserabile, che alla mia età lui già insegnava... – Esitò prima di continuare. Aveva lo sguardo assente. – Da lì alla droga il passo è stato breve...

Luca trattenne a malapena le lacrime, e Lucibello provò una grande pena per lui. Si pentì di non aver raccolto quella dichiarazione faccia a faccia. Lo schermo del computer lo rendeva impotente, mentre lui avrebbe voluto consolarlo, aiutarlo in qualche modo.

– Luca, ti ringrazio. Abbiamo finito, puoi andare. Lasciami il numero di cellulare perché probabilmente avremo bisogno di contattarti di nuovo. Fatti trovare quando ti cerchiamo, altrimenti emettiamo un ordine di fermo. Mi raccomando, sei giovane, puoi ancora dare una svolta alla tua vita, non è troppo tardi. Non buttarla via.

Finita la videochiamata, Lucibello spense il computer e si ripromise di fare quattro chiacchiere con il professor Brambilla alla prima occasione.

Galleria Gualtieri, Milano

Baroni parcheggiò in seconda fila, accanto alla volante della Polizia. Giovanni Bonalumi lo stava aspettando di fronte alla galleria con il fratello. Stava fumando nervosamente e appena l'ispettore gli si avvicinò lo affrontò di petto. – Cosa sta succedendo, ispettore?

La sua voce era molto tesa e la mano con cui teneva la sigaretta tremava.

Baroni si rese conto di dovergli delle spiegazioni. – Non lo sappiamo, signor Bonalumi. Sappiamo solo che quella è la firma dell'omicida di Gualtieri e del professor Vinciguerra.

Giovanni sbiancò e la sigaretta gli cadde di mano. Baroni rimase di fronte a lui con un'espressione seria e non disse una parola. Qualsiasi cosa avesse detto in quel momento non sarebbe stata recepita. Giovanni era troppo spaventato. Lo prese sottobraccio e lui si lasciò accompagnare nell'ufficio. Stefano li seguì. Il gallerista si accomodò su una delle poltroncine. Il fratello mantenne uno sguardo assente e un lieve sorriso sulle labbra, ignaro evidentemente di cosa stesse succedendo.

– Stefano, si accomodi anche lei, per favore.

L'altro non si mosse e Baroni mimò con le mani dei gesti che lo invitavano a sedersi. Sulla scrivania c'era una bottiglia d'acqua, Baroni ne versò un po' in un bicchiere e lo porse a Giovanni, che lo svuotò tutto d'un fiato.

– Aspettatemi qui, per cortesia.

L'ispettore lasciò l'ufficio per raggiungere i colleghi della Scientifica che stavano fotografando lo scopino lasciato in mezzo al salone principale della galleria. Era uguale a quello dei due omicidi, non c'erano dubbi.

Il gallerista ebbe bisogno ancora di qualche attimo per riprendersi, poi come prima cosa si assicurò che il fratello fosse nei paraggi. – Ah, sei qui, Stefano. – Gli pose la mano sull'avambraccio. – È tutto a posto, sai, stammi sempre vicino.

Baroni rientrò nello studio e guardò entrambi.

– Mi scusi, ispettore. Mi sono ripreso, ora. Mi spieghi per favore cosa sta succedendo.

– Non è ancora chiaro. Sappiamo solo che il suo ex socio e il professor Vinciguerra sono stati uccisi da uno psicopatico, che ha firmato i suoi omicidi con quell'oggetto.

Bonalumi lo guardò stranito. – Con uno scopino da water?

Baroni annuì.

– E ora... vuole uccidere anche noi? – Giovanni strinse forte l'avambraccio del fratello e assunse un'espressione preoccupata.

– No, non credo. Se avesse voluto, lo avrebbe già fatto. Anzi, penso che siate fuori pericolo. Credo piuttosto che sia un avvertimento, un monito.

– E di cosa voleva avvertirci?

– È difficile a dirsi. Abbiamo a che fare con un pazzo, non sappiamo come ragiona, che intenzioni abbia, ma sicuramente non voleva uccidervi... – Baroni fece una breve pausa. – Probabilmente voleva solo spaventarvi.

– E ci è riuscito... – commentò Bonalumi. Aveva nel frattempo riacquistato una certa compostezza e tolse finalmente la mano dall'avambraccio di suo fratello.

– Ma c'è qualcuno che potrebbe provare astio nei vostri confronti, che ne so, un cliente deluso, un artista...? Mai ricevuto minacce?

Bonalumi scosse la testa. – Che io sappia no. Questa è la prima volta in vita mia che succede una cosa simile. Cosa ci consiglia di fare, ispettore?

– Chiuderei la galleria fino quando non avremo risolto il caso o perlomeno per qualche settimana. Oppure assumerei una guardia giurata che rimanga qui durante gli orari di apertura. Per un paio di giorni possiamo lasciare appostata una volante, ma alla lunga...

– No, non ce ne sarà bisogno, ispettore – gli confidò Giovanni, con aria mesta. – Mio fratello e io stavamo già valutando di chiudere la galleria e di vendere tutto. Una Galleria Gualtieri senza Gualtieri non ha molto senso, a pensarci bene. Non abbiamo il giro di conoscenze e il carisma che aveva lui e non credo che saremmo in grado di gestirla. C'è già stato un precedente finito male... Sei d'accordo, Stefano, vero? – Guardò il fratello che gli rispose con un sorriso. – Immagino anche che facendoci da parte l'assassino dovrebbe lasciarci in pace, giusto?

Baroni cominciò a pensare che probabilmente fosse proprio quello l'intento dell'assassino, lo scopo di quell'incursione. Rimasero in silenzio tutti e tre per qualche istante.

– Ma perché proprio uno scopino da water? – chiese Giovanni.

L'ispettore si aspettava la domanda, ma si limitò semplicemente ad alzare le spalle. Non era il caso di spaventare ulteriormente i due fratelli entrando nel dettaglio dei due delitti.

– C'è mica una macchinetta del caffè?

Baroni non sentiva veramente il bisogno di un caffè, voleva piuttosto rompere il ghiaccio e distendere l'atmosfera cupa che si era creata nella stanza. In quel momento gli venne in mente Giulia.

– Ma certo ispettore, glielo preparo subito.

Giovanni fece per alzarsi, ma Baroni lo fermò. – Non si disturbi, ci ho ripensato, ne prendo dopo uno al bar. Giulia oggi non viene?

– No, non viene più. È passata ieri per salutarci. Una brava ragazza. Ha passato bene il suo ultimo esame e ora si vuole preparare per i concorsi.

Un agente in borghese entrò nella stanza e fece un cenno all'ispettore. Teneva fra le dita una chiavetta USB.

– Abbiamo le riprese della telecamera di sorveglianza della banca qui di fronte. Si vede chiaramente l'individuo che è entrato. Vuole dare un'occhiata anche lei?

– Certamente. – Baroni si rivolse ai fratelli: – Giovanni, possiamo usare il vostro computer?

Le immagini erano nitide. Mostravano i due Bonalumi allontanarsi sottobraccio e un soggetto con la felpa e un cappellino da baseball entrare e uscire furtivamente dalla galleria. I due erano ancora inquadrati di schiena dalla telecamera che il soggetto era già uscito. Era irriconoscibile. Baroni stimò che l'incursione fosse durata non più di dieci secondi.

Giovanni guardò inorridito il filmato. – È quello... l'assassino?

– Con ogni probabilità, sì – rispose l'ispettore.

Un forte stato d'ansia assalì nuovamente Giovanni. Cercò di farsi coraggio, ma non ci riuscì e si accasciò di nuovo sulla poltrona, stringendo la testa fra le mani e piangendo. Questa volta Stefano si rese conto dello stato d'animo del fratello e lo abbracciò teneramente, chinandosi su di lui.

Baroni non volle interrompere quel momento e si concentrò sullo schermo del computer, fermando il fotogramma che inquadrava il soggetto all'uscita della galleria. L'omicida sapeva di essere ripreso e aveva mantenuto per tutto il tempo il capo chino, coprendo il volto con la visiera del cappellino. Era del tutto irriconoscibile, ma dall'abbigliamento che indossava somigliava alla persona ripresa dalle telecamere a Mantova.

L'orologio del desktop segnava le quindici e quaranta e l'ispettore si ricordò improvvisamente del suo impegno. Per quanto gli dispiacesse lasciare i fratelli Bonalumi in quello stato, non voleva venire meno alla promessa fatta ad Anna.

– Signori, io ora devo tornare a Mantova. Vi farò accompagnare a casa da una pattuglia e chiederò ai colleghi di tenere sotto sorveglianza la vostra abitazione per questa notte.

Giovanni si liberò dall'abbraccio e si ricompose. – Chiuderemo la galleria. È deciso. Non vogliamo rimanere in questo posto un minuto di più. La ringrazio di tutto, ispettore.

– Si figuri. Vi terrò aggiornati sugli sviluppi dell'indagine. In un modo o nell'altro lo prenderemo, di questo potete stare certi. Per qualsiasi evenienza chiamatemi, rimango a vostra disposizione.

Baroni si congedò dai due fratelli e rimase ancora qualche minuto a parlare con i colleghi. Poi salì in macchina e si accese un sigaro. Sarebbe arrivato a casa puntuale, come promesso.

Ardenti, Lucibello e Baroni erano chiusi nell'ufficio del commissario da oltre mezz'ora.

– Quindi, secondo te il nipote, Luca, non è l'assassino.

– Tenderei a escluderlo – decretò Lucibello, dopo aver messo al corrente il commissario dell'incontro con il ragazzo. – Ma il nonno avrebbe sicuramente avuto un buon movente. Odia tuttora Gualtieri, lo ritiene responsabile della morte del figlio e di aver rovinato anche la vita dei suoi nipoti. E lo ammette apertamente.

– Non è stato sicuramente lui a piazzare lo scopino nella galleria – obiettò Baroni. – Quanti anni ha il professore? Almeno un settantina? Non può essere stato lui. Se partiamo dall'idea che a fare l'incursione in galleria è stato l'assassino, come confermerebbero le telecamere, allora dobbiamo cercare una persona giovane e agile. La sua statura e anche l'andatura corrispondono a quella del soggetto ripreso davanti all'abitazione di Gualtieri. Magari ti sei fatto trarre in inganno dal nipote. Ti posso garantire che è quasi impossibile riconoscere una persona che mente, se lo sa fare.

– Magari hanno agito in combutta, come ha ipotizzato il procuratore: il professore e suo nipote – intervenne Ardenti.

– O la nipote... – aggiunse Lucibello.

– Giusto, lo avevi già fatto notare in Procura. Abbiamo sempre cercato un uomo, ma potrebbe essere una donna, in questo caso la nipote. Come si chiama?

– Letizia, ha ventun anni – rispose Lucibello. – Da quanto ho capito, fino a poco tempo fa era ancora in terapia. È stata lei a rinvenire il cadavere del padre e dopo il ritrovamento ha smesso di parlare per diversi anni, ma non si è mai veramente ripresa da quello shock. A quanto ci ha detto il nonno, la ragazza vive da sola in un appartamentino della loro villetta, al piano terra. La accudiscono ancora come una bambina, non ha nemmeno la patente. Non ce la vedo a girare l'Italia a sgozzare persone. E nemmeno il ragazzo.

– Non abbiamo molte altre piste da seguire – concluse il commissario. – Convochiamoli tutti e tre e li torchiamo un po'.

– In teoria sono in quattro, ci sarebbe anche la nonna, la moglie del professore. Magari lei sa qualcosa...

– Giusto, Dario – intervenne Baroni. – Ma in quel caso non sarebbe meglio prima fargli una visita a casa, così ne approfittiamo per guardarci anche un po' intorno e farci un'idea dell'ambiente in cui vivono? Capire in che rapporti stanno? Se li convochiamo in Questura verranno già prevenuti, magari accompagnati da un avvocato. Siamo sempre in tempo per farlo in un secondo momento.

– Hai ragione, Franco. Ci andremo noi due – disse Ardenti.

Lucibello fece finta di niente, ma il commissario capo scorse nel suo sguardo una nota di disappunto. – Hai fatto un ottimo lavoro, Dario. Non è un atto di sfiducia nei tuoi confronti, però preferisco andarci di persona, con Baroni.

Lucibello alzò le mani e non obiettò nulla. Era la prima volta che il commissario lo chiamava per nome e questo gli fece piacere. Non riusciva tuttavia a nascondere che ci avrebbe tenuto a fare di nuovo quattro chiacchiere con quel pallone gonfiato del professore, non solo per le indagini in corso, ma per rinfacciargli anche le sue responsabilità riguardo al nipote.

Conosceva sin troppo bene il malessere che gli aveva descritto Luca. Lui stesso aveva sofferto qualcosa di simile in famiglia. Il padre, colonnello dell'esercito, non aveva mai nascosto la sua predilezione per il primogenito, il suo fratello maggiore, perché corrispondeva in tutto e per tutto al suo prototipo di maschio virile, sia fisicamente sia caratterialmente. Invece lui, Dario, aveva sempre dovuto difendersi dal sospetto di essere gay per via del suo fare gentile e dell'aspetto lievemente effeminato. Solamente dopo che si fu sposato e gli ebbe dato due nipoti il padre lo accettò pienamente come figlio, ma solo lui, nel suo intimo, sapeva quanta sofferenza gli era costata quell'approccio insensibile e ignorante del padre.

Ardenti ci teneva a non demotivarlo e gli venne subito una buona idea. – Anzi, tu potresti andare a Milano a far visita ai fratelli Bonalumi. Li conosci, dai un'occhiata in giro e parlandoci magari salta fuori ancora qualcosa che è sfuggito a Franco. Cambiare i punti di vista è un valido metodo d'indagine. Portati su anche Calderoni e Di Maggio.

L'idea piacque a tutti i presenti.

Finita la riunione, Baroni e Ardenti si recarono alla macchinetta del caffè.

– È un bravo poliziotto, ma gli manca un po' di... mordente – commentò Ardenti.

– Sono cose che s'imparano, è ancora molto giovane. Dagli un po' di tempo e vedrai che sarà all'altezza – lo rassicurò Baroni.

– Non ho dubbi. Quando andiamo a trovare la famiglia Brambilla?

L'ispettore guardò l'orologio, segnava le dodici e un quarto.

– Per me si potrebbe andarci anche ora, sono meno di due ore di macchina. Oppure domani mattina.

Il commissario guardò l'ispettore per qualche secondo valutando la proposta. – Andiamoci domani mattina. Arriveremo giusto per l'ora di pranzo e magari li troveremo tutti in casa. Ora andiamo a mangiare un boccone al Grappolo, offro io.

"Sei tu che hai rovinato tuo nipote, stupido ignorante. Se lui si è cacciato in questa situazione è anche colpa tua, vecchio trombone! Lo hai abbandonato proprio quando aveva più bisogno di te. Lui ha sofferto quanto Letizia, ma tu non hai fatto niente per lui. Consiglierò a Luca di incaricare un avvocato per verificare la donazione di Gualtieri e di denunciarti per appropriazione indebita. Gli spettava la metà di quei soldi, insensibile rimbambito che non sei altro!"

Lucibello era in macchina con Calderoni e Di Maggio e stava ripassando mentalmente il discorsetto che avrebbe voluto fare al professor Brambilla. Non avrebbe magari usato esattamente quelle parole, però il senso sarebbe stato quello. Aspettava solo l'occasione giusta per farlo.

Quella mattina dovevano visitare la Galleria Gualtieri, come concordato il giorno prima nell'ufficio del commissario, mentre Baroni e Ardenti si sarebbero recati dai Brambilla. Da Mantova ci impiegarono esattamente due ore. Una volante della Mobile era parcheggiata sull'altro lato della strada e i due agenti stavano fumando di fronte all'ingresso insieme a Giovanni Bonalumi.

La galleria era chiusa al pubblico e i due fratelli erano in attesa dell'avvocato e del commercialista per elaborare la loro exit strategy dal business. Avevano scartato l'idea di venderla, preferivano cessare l'attività, in tempi e modi che non pregiudicassero troppo il valore dei quadri ancora in loro possesso, una cinquantina.

Lucibello lo aveva sentito al telefono poco prima

di partire da Mantova per annunciargli il suo arrivo. Giovanni Bonalumi si era dichiarato subito disponibile a incontrarlo, facendogli però notare che quel giorno aveva degli appuntamenti importanti e che il tempo che poteva dedicargli non era molto. – Ce lo faremo bastare – lo aveva rassicurato Lucibello.

– Buongiorno, ispettore, piacere di conoscerla. Sono Giovanni Bonalumi e lui è mio fratello Stefano.

Lucibello gli strinse la mano e presentò i due colleghi.

– Ci siamo già conosciuti, sono venuti qui qualche settimana fa, subito dopo il tragico evento – gli ricordò il padrone di casa, rivolgendosi a Calderoni e Di Maggio.

– E questa è la famosa Galleria Gualtieri... – disse Lucibello varcando l'ingresso e guardandosi intorno. I due agenti lo seguirono insieme ai fratelli.

– Precisamente – confermò Bonalumi, e gli fece strada nel salone principale, indicandogli il punto esatto in cui aveva rinvenuto lo scopino.

L'ispettore e i suoi due colleghi si guardarono in giro. Alcuni quadri erano già stati tolti dalle pareti e appoggiati impacchettati all'ingresso della sala.

– Abbiamo deciso di chiudere la galleria – gli spiegò Giovanni, mentre il fratello, nel suo impeccabile abito firmato, chiese loro se gradivano un caffè.

– La ringrazio, ma ne abbiamo presi già due stamattina – gli rispose l'ispettore.

– La decisione di chiudere la galleria ha a che fare con l'episodio dell'altro ieri?

Bonalumi rifletté qualche secondo prima di rispondere. – In parte sì, ma come ho già spiegato al suo collega ci stavamo già pensando. Diciamo che l'episodio ci ha tolto l'ultimo dubbio che ci era rimasto, anche perché la sorella di Girolamo non è minimamente interessata alla galleria. Ci ha proposto di acquistare la quota ereditata dal fratello, però abbiamo rifiutato e deciso insieme a lei di chiudere.

Giovanni si avvicinò all'ispettore, sembrava preoccupato. – Ma secondo lei siamo in pericolo?

– Non credo. Anzi, potrebbe essere che quell'oggetto fosse più rivolto a noi inquirenti che a voi. Una sorta di gesto di sfida.

– Be', questo ci tranquillizza parecchio, ispettore... Abbiamo comunque ingaggiato un servizio di sorveglianza privata, dovrebbe cominciare domani mattina.

– Avete fatto bene, non si sa mai.

A quel punto Lucibello ebbe un dubbio. – Ma voi avete mai avuto a che fare con la famiglia dell'ex socio di Gualtieri, la famiglia Brambilla?

– Assolutamente no. Mai conosciuto né lui né i suoi familiari. Perché me lo chiede?

– Niente, era solo una mia curiosità.

– E come siete diventati soci, voi con Gualtieri intendo?

– Gestivamo una piccola galleria d'arte qui a Milano, ci eravamo specializzati in stampe di artisti contemporanei affermati. Parlo di stampe autentiche, firmate e numerate, di artisti prevalentemente americani, ed eravamo in contatto con la galleria di Gualtieri a Los Angeles, che ce le procurava. Poi, quando è tornato in Italia, lui ci ha proposto di fare una società insieme, al cinquanta per cento. Aveva grandi progetti e devo dire che mantenne la sua promessa. Siamo diventati una galleria d'arte affermata e ci siamo ingranditi parecchio. Gli affari vanno bene, ma non le nascondo che di fatto era lui che la gestiva.

– Capisco. E avete mai avuto problemi, screzi con qualcuno, richieste di pizzo...?

– No, glielo posso assicurare. Mai nulla di serio.

– E col professor Vinciguerra, quali erano i vostri rapporti?

– Più che ottimi. Anzi, lo definirei il nostro miglior collaboratore. Era innamorato degli artisti che proponevamo, ci ha aiutato parecchio.

Lucibello annuì. – Si è mai chiesto chi potesse aver avuto motivo di ucciderlo? Ha mai notato nulla di anomalo, prima che venisse ucciso?

– Certo che ce lo siamo chiesti. Ma, come ho già detto al suo collega, nessuno gli voleva male. Quello che è successo è inspiegabile. È stato un fulmine a ciel sereno per tutti noi. Non c'era nessuna avvisaglia che potesse anche solo lontanamente far presagire una cosa simile.

– E cosa sa dirmi della vita privata di Gualtieri?

– Quasi nulla. I nostri rapporti erano puramente di lavoro e ci vedevamo solo qui in galleria. Penso di non averlo mai incontrato altrove. Non siamo nemmeno mai stati a casa sua a Mantova. Vero, Stefano?

Il fratello annuì sorridendo, visibilmente felice di essere stato coinvolto nella conversazione.

Lucibello scambiò uno sguardo veloce con i colleghi. Erano d'accordo: non c'era altro da dire.

– Per quanto tempo starete ancora qui, cioè quando chiuderete la galleria?

– Abbiamo già mandato il preavviso di disdetta

d'affitto, libereremo i locali fra meno di due mesi, ma credo che usciremo molto prima, il tempo di liberarci di tutti i quadri ancora esposti. E poi vedremo, magari torneremo a vendere stampe, chissà.

Calderoni e Di Maggio erano già usciti e stavano aspettando fuori. Lucibello ringraziò i due fratelli e raggiunse i colleghi.

– Oh, *'nnamo?* – chiese Calderoni.

– *Vammene* – rispose Lucibello sorridendo. Scambiarsi qualche battuta in romanesco con Calderoni lo metteva di buon umore, anche se a volte gli veniva il dubbio sulle effettive capacità del collega di rapportarsi correttamente con la lingua italiana. L'ispettore e i due agenti si sedettero in macchina. Lucibello guardò l'orologio: era ora di pranzo ed era indeciso sul da farsi.

– *Che famo? Tornamo?* – Di Maggio aveva già inserito la chiave nel blocchetto d'accensione, ma l'ispettore scosse la testa. Teneva il cellulare in mano e stava chiamando il commissario. Squillava a vuoto. Anche quello di Baroni. "Avranno silenziato il telefono, magari sono già tornati in Procura" pensò Lucibello.

– Il commissario quando aveva detto che sarebbe andato dai Brambilla con Baroni? Stamattina, giusto?

I due agenti annuirono.

– Bene. Non rispondono al telefono. A quest'ora saranno già tornati a Mantova e staranno informando il procuratore. Quindi al vecchio Brambilla non dispiacerà sicuramente se ripasso anch'io per una visita. Ho due cosette da dirgli.

Durante il tragitto per Bollate, Baroni provò più volte a chiamare Giulia, ma il numero, che aveva memorizzato nella rubrica del telefono, risultava non raggiungibile.

– Chi stai chiamando? – gli chiese Ardenti.

– La commessa della galleria. Volevo solo tranquillizzarla su quanto accaduto, magari era preoccupata anche lei per via di quello scopino. Forse potrebbe averle ricordato qualcosa... ma il suo cellulare è spento o non raggiungibile.

Baroni rimase concentrato sulla guida e dopo dieci minuti provò a richiamarla. Il risultato fu lo stesso. Non riusciva a togliersi dalla mente quella ragazza; c'era un particolare che continuava a sfuggirgli, ma non riusciva a metterlo a fuoco. Guardò il display del cellulare e verificò il numero che aveva appena chiamato più volte. Aveva un prefisso strano: +386.

– Giuseppe, hai presente la scheda telefonica dell'assassino di Vinciguerra, la SIM anonima che ha usato prima di incontrarlo?

– Sì, perché?

– Che prefisso aveva?

– Non ricordo, ma era straniero, sloveno o croato mi pare.

Baroni con un gesto invitò il commissario a leggere sul display il numero di Giulia.

– Che coincidenza... – notò Ardenti. – È già la seconda scheda straniera in cui ci imbattiamo in pochi giorni. E ora si è licenziata e non risponde più al telefono?

– Be', mi aveva già detto che se ne sarebbe andata. Le mancava un esame per laurearsi e l'ha dato pochi giorni fa. Ci sta.

– Anche di usare una SIM straniera? Con le tariffe che offrono i gestori nostrani che bisogno c'è di usarne una straniera?

– Questo in effetti ci sta un po' meno... – ammise Baroni.

Il commissario fece una telefonata di controllo in Questura e rimase in attesa. Poi ringraziò e terminò la chiamata.

– Il numero appartiene a una scheda anonima prepagata, slovena. Che ne dici?

Baroni distolse per un istante gli occhi dalla strada per guardare il commissario. Non c'era bisogno di rispondere, pensavano ambedue la stessa cosa.

– Ma non lo avevi notato che era straniero?

– Sì, certo, ma lei mi aveva detto che aveva una tariffa particolarmente conveniente. Mi sa che domani ci toccherà andare alla galleria.

– Non domani, Franco. Ci andiamo oggi, subito dopo la visita alla famiglia Brambilla. Ma chi era quella commessa?

L'ispettore fece un breve resoconto dell'incontro con Giulia, delle sue impressioni sulla ragazza, della sua storia.

– Probabilmente è un falso allarme, ma vale la pena approfondire. I fratelli Bonalumi sapranno sicuramente dirci di più, dobbiamo rintracciarla a tutti i costi.

Per il resto del tragitto i due non si scambiarono più una parola. Baroni era rimasto in silenzio pensando a Giulia. Non poteva essersi sbagliato così tanto su quella ragazza. Ma il sospetto che potesse in qualche modo essere coinvolta negli omicidi cominciò a insinuarsi nella sua mente.

Arrivati a destinazione, Baroni parcheggiò lungo il viale che costeggiava la villetta del professore. I due poliziotti scesero dalla vettura e si avviarono verso l'ingresso.

Il professore rispose al citofono dopo il primo squillo. – Chi è?

– Buongiorno, siamo della Polizia. Il professor Brambilla?

– Sono io, salite pure, primo piano.

Sentirono un click e la serratura della porta d'ingresso principale si sbloccò.

I due entrarono nell'androne del piano terra. Ai lati c'erano due porte, ciascuna ornata da una targhetta in ottone: "Luca Brambilla" e "Letizia Brambilla"; in mezzo una scalinata portava al primo piano. Il professor Brambilla li attendeva in cima alle scale.

– Buongiorno. A cosa devo l'onore della vostra visita, questa volta? Un vostro collega è stato qui un paio di giorni fa, gli ho già detto tutto quello che avevo da dire.

– Buongiorno, professore. Siamo qui proprio per questo, per approfondire un paio di aspetti della sua dichiarazione. Possiamo entrare?

Brambilla li fece accomodare in salotto, dove aveva già ricevuto Lucibello giorni prima. Una donna anziana si affacciò con addosso un grembiule da cucina, sembrava imbarazzata per la sua mise.

– Mia moglie Rosangela – disse il professore.

Il commissario si presentò, e Baroni fece altrettanto.

– Scusatemi, stavo cucinando – si giustificò la signora, intenta a togliersi il grembiule.

– Non si disturbi, signora, facciamo solo quattro chiacchiere con suo marito. Continui pure le sue faccende.

Il professore le fece cenno di sbrigarsi a tornare in cucina poi fece accomodare i due poliziotti. – Allora, siete qui per mio nipote, immagino.

– Non esattamente – cominciò Ardenti. – Vorremmo piuttosto risentire la sua versione circa la cessione della galleria d'arte di Gualtieri a suo figlio Michele, quindici anni fa. Sappiamo che secondo lei quell'affare è stato probabilmente la causa del suo suicidio.

Il professore non se lo fece ripetere due volte e per una decina di minuti lanciò i suoi strali d'odio contro il defunto Gualtieri. I due poliziotti ascoltarono pazientemente e Baroni si fece anche offrire un caffè dalla signora. Il loro scopo non era di rivangare quella vecchia storia, ma di rompere il ghiaccio per poi arrivare a ciò che interessava loro veramente.

– E i suoi nipoti, i figli di Michele, come hanno vissuto quella tragedia? Si sono ripresi? – intervenne Baroni, che già conosceva la risposta. Prima ancora che il professore potesse cominciare la sua litania, Baroni lo interruppe. – Sono qui? Possiamo parlarci?

– Luca non credo, però Letizia sì. Probabilmente sta studiando, devo chiamarla?

Baroni annuì. Il professore sembrò indispettito da quell'improvvisa svolta nella discussione, si alzò e chiamò la nipote col citofono interno. – Ciao, cara, puoi salire un attimo? C'è la Polizia che vorrebbe farti delle domande. Non preoccuparti, tesoro, ci sono anch'io, sono solo domande di routine.

Pochi minuti dopo la porta si aprì ed entrò Letizia. Era vestita casual e portava un paio di occhiali da vista. Sembrava a disagio, e il nonno la incoraggiò a prendere posto al tavolo.

Baroni notò subito una somiglianza impressionante con Giulia, e una scarica di adrenalina gli fece aumentare il battito cardiaco. Il viso era identico, se non fosse stato per gli occhi e i capelli castani a caschetto. Le mancava anche il neo vicino al labbro superiore, ma per il resto quella ragazza era identica a Giulia. L'ispettore sapeva che, oltre al caso di gemelli omozigoti, che sono in tutto e per tutto identici avendo lo stesso patrimonio genetico, esistevano rari casi di estrema somiglianza fra persone estranee, dei veri e propri sosia. Ma quella sarebbe stata un'ennesima coincidenza.

Letizia tese la mano ai due poliziotti sorridendo timidamente, poi si avvicinò al nonno. Non ebbe alcuna reazione quando strinse la mano all'ispettore, lo guardò negli occhi con cortese noncuranza e un po' di timidezza, senza far trasparire alcuna emozione, come se lo stesse incontrando per la prima volta.

La ragazza prese posto accanto al nonno che le bisbigliò qualche parola nell'orecchio, mentre Baroni continuava a fissarla intensamente con uno sguardo penetrante. Voleva metterla in imbarazzo, vedere come reagiva.

Ardenti cominciò a porle domande interlocutorie, a cui lei rispondeva serenamente. Baroni non le sentiva, tutti i suoi sensi erano concentrati nell'osservazione della ragazza. Era come se avesse tolto l'audio durante la proiezione di un film. Per un paio di minuti nessuno se ne accorse, ma a un certo punto lei gli si rivolse e gli fece una domanda con un sorriso imbarazzato.

L'ispettore vide solo le sue labbra muoversi, ma rimase immobile, incantato. Dopo qualche istante anche il commissario gli parlò, ma Baroni era ancora troppo concentrato sulla ragazza per accorgersene. Quando Letizia pose le sue mani sul tavolo Baroni riconobbe quelle di Giulia ed ebbe la certezza definitiva. Si alzò di scatto e portò la mano alla fondina della pistola. Con quel brusco movimento rovesciò pure la sedia.

– È lei, Giuseppe! – urlò Baroni indicando Letizia. Aveva l'aria di un invasato.

Tutti si spaventarono per quell'improvvisa reazione e per il frastuono provocato dal ribaltamento della sedia.

Baroni rimase immobile, in piedi, pronto a estrarre la pistola dalla fondina, con lo sguardo fisso sulla ragazza. Ardenti fu sorpreso quanto i padroni di casa e ci mise qualche secondo per riprendersi. Guardò prima il suo collega, che sembrava fuori di sé, poi la ragazza che, come il professore, era rimasta impietrita e incredula.

– Cosa stai facendo? Calmati, Franco, siediti per favore – gli disse, con tono pacato, ma preoccupato e in dubbio che il suo collega fosse improvvisamente impazzito.

– Sono calmissimo, Giuseppe. È lei l'assassina. La riconosco, è Giulia, la ragazza della galleria di cui parlavamo in macchina.

Baroni la indicò con la mano sinistra, mentre la destra rimase pronta a estrarre la Beretta Px4 Storm.

– Giuseppe, era lei camuffata! Giulia non è mai esistita! Era lei, Letizia – continuò l'ispettore con tono fermo. – È tutto chiaro: Letizia lavorava nella galleria spacciandosi per Giulia, per conoscere Gualtieri e le sue abitudini, per poi farlo fuori al momento giusto. Lui e Vinciguerra.

Il commissario guardò incredulo la ragazza. Sembrava molto spaventata ed era incollata al braccio del nonno che a sua volta aveva assunto un'espressione impaurita.

Tutti nella stanza rimasero immobili, in una sorta di stallo alla messicana. In quel momento squillò il cellulare del commissario, che lo silenziò subito senza nemmeno guardare chi lo stesse chiamando. Pochi istanti dopo anche il cellulare di Baroni cominciò a squillare, ma nessuno dei presenti ci fece caso. La tensione era palpabile, e Ardenti cominciò a sentirsi a disagio.

– Il suo collega è... impazzito! – balbettò timidamente il professore, guardando il commissario.

La giovane non aveva proprio l'aria di un'assassina psicopatica, pareva sinceramente sconvolta e trepidante. Ma Ardenti conosceva troppo bene Baroni, non avrebbe mai reagito così senza motivo.

Letizia cominciò a tremare. In quel momento la nonna si affacciò dalla cucina, attirata dal baccano e dalla voce concitata dell'ispettore. La vista di Baroni in piedi, pronto a estrarre l'arma, la spaventò a morte ed emise un urlo isterico.

– Nonna, chiama il 113, quell'uomo è impazzito, mi fa paura – la supplicò Letizia piangendo.

– Non ci sarà bisogno, signora, siamo noi la Polizia – intervenne il commissario. – Ora ci daremo tutti una calmata. Lei, signora, si accomodi per favore al tavolo e tu, Franco, togli la mano dalla fondina.

– Giuseppe, questa ragazza è estremamente pericolosa, non dimenticare cos'ha fatto.

– È un ordine, Franco! Leva la mano dalla pistola! – urlò Ardenti, senza distogliere lo sguardo da Letizia.

Baroni obbedì, ma rimase in piedi e cominciò ad accusare la ragazza, rivolgendosi ai nonni con tono severo. – Questa ragazza si è spacciata per un'altra persona, per diversi mesi. Ha lavorato a Milano presso la galleria di Gualtieri come commessa, col nome di Giulia, camuffandosi con una parrucca bionda e delle lenti a contatto verde smeraldo. Di questo sono sicuro.

Poi si rivolse direttamente a Letizia. – Dovrà darci delle spiegazioni molto convincenti, signorina, altrimenti verrà accusata di duplice omicidio.

Per qualche attimo nessuno aprì più bocca. I nonni e la ragazza fissavano sbigottiti prima Baroni, poi il commissario.

– Guardi che ciò che sostiene è assolutamente impossibile, ispettore – intervenne finalmente il nonno, cercando di mantenere un tono pacato. – Non ha proprio senso. Letizia non si muove quasi mai da casa, non ha nemmeno la patente. Esce solo per frequentare l'università. Mi creda, ha preso un grosso abbaglio.

Baroni ignorò la spiegazione e continuò: – In primo luogo non avresti dovuto usare una SIM straniera, Letizia, non lo fa nessuno, se non per non lasciare tracce. E, secondo, le tue mani sono inconfondibili, per non parlare della tua straordinaria somiglianza con Giulia. Qui ci sono un po' troppe coincidenze, e sai come si dice nei nostri ambienti... Sono sicuro che con un ordine di perquisizione troveremo molte altre cose che farai fatica a spiegare. Sei d'accordo?

La ragazza e i nonni guardarono Baroni sbigottiti e dopo qualche attimo di silenzio il nonno gli rispose sommessamente che si stava sbagliando. – Guardi, ispettore, che Letizia ha un normalissimo numero telefonico, un contratto Vodafone che le ho fatto io stesso. Glielo possiamo dimostrare anche subito, qui, adesso.

Letizia si liberò dall'abbraccio del nonno, si asciugò le lacrime e si ricompose. Cambiò anche tono della voce, sembrò d'un tratto molto più sicura di sé. In pochi attimi la personalità di Giulia assunse il controllo del suo corpo.

– Ispettore, si sbaglia, non ho idea di che cosa stia parlando. Non ho mai indossato in vita mia una parrucca o lenti colorate e non ho mai messo piede nella galleria di Gualtieri. Mi spiace per lei, ma ha proprio sbagliato strada.

Sembrava spontanea e sincera, al punto che anche in Baroni cominciò a insinuarsi un dubbio.

– Temo che dovremo disporre una perquisizione. La signorina Letizia dovrà venire con noi in Questura per un interrogatorio. È nel suo diritto, signorina, farsi accompagnare da un avvocato di fiducia.

I nonni avrebbero voluto replicare, ma Giulia li tranquillizzò. – Va benissimo, sono d'accordo, così chiariremo una volta per tutte questo equivoco, altrimenti non ne usciamo più. Non ci sarà bisogno di nessun avvocato di fiducia, basterà quello d'ufficio.

Baroni e il commissario si guardarono. Non si aspettavano una simile disponibilità da parte della ragazza. I nonni non dissero più una parola.

L'ispettore mantenne una posizione di guardia e

continuò a fissare la ragazza con sguardo intimidatorio. In quel momento gli venne anche in mente un particolare che poteva confermare definitivamente il suo sospetto. – Giuseppe, guarda per favore la sua mano sinistra. L'unghia del dito anulare. Verifica se è scheggiata.

Giulia lo guardò sorpresa, poi porse la mano al commissario.

Ardenti si avvicinò. – Non è scheggiata, Franco.

Baroni si avvicinò a sua volta e notò con delusione che le unghie erano state accorciate e risistemate di recente.

– Poco importa, è lei di sicuro.

– Posso scendere per prendere la mia borsetta e sistemarmi, prima di seguirvi? – chiese Giulia, sorridendo.

Il commissario annuì e aggiunse che l'avrebbe accompagnata. Lanciò un'occhiata severa al collega scuotendo la testa, poi uscì dalla stanza con la ragazza per scendere al piano di sotto.

Baroni non era più così sicuro di aver identificato Giulia, e l'occhiataccia che gli aveva lanciato Ardenti l'aveva messo in imbarazzo.

Cinque minuti dopo lei risalì al pianerottolo dei nonni. Li abbracciò, disse a Baroni che era pronta a seguirlo e che il commissario lo stava aspettando di sotto. L'ispettore si congedò a sua volta e la accompagnò giù per le scale. La sua diffidenza nei suoi confronti era ancora alta, ma il particolare dell'unghia, la sua disinvoltura e la piena disponibilità a collaborare gli avevano fatto abbassare il livello di guardia.

Arrivati al piano terra Giulia si girò e gli porse il polso destro sorridendo. – Vuole anche mettermi le manette?

– Non ce ne sarà bisogno, se lei...

Non riuscì a finire la frase. Una nube di spray narcotizzante lo paralizzò in pochi secondi. Provò un forte bruciore agli occhi e avvertì il gas farsi largo in gola e nelle cavità nasali. I sensi si offuscarono, poi non sentì più nulla. Il corpo cominciò a vacillare e le gambe cedettero. Cadde a terra come un sacco vuoto.

L'alter ego di Letizia assistette alla scena facendo alcuni passi indietro e riparandosi naso e bocca con un fazzoletto. Poi prese Baroni per i piedi e lo trascinò nel proprio appartamento, stendendolo accanto al commissario. Frugò nelle loro tasche e tirò fuori le chiavi della macchina. Doveva spostarla. L'avrebbe prima parcheggiata al supermercato e dopo pranzo l'avrebbe portata a Milano.

I due poliziotti non si sarebbero risvegliati prima di cinque, sei ore. Non aveva ancora deciso se disfarsi subito dei loro corpi o aspettare la notte. Si recò nel suo cucinotto per prendere le fascette di nylon. Erano larghe dodici millimetri, ultraresistenti. Legò mani e piedi, e con un nastro da pacchi coprì la bocca.

Quell'imprevisto proprio non ci voleva, rifletté Giulia, ma non tutto era perduto.

Ora avrebbe dovuto improvvisare, trovare al più presto un modo per sviare le ricerche degli inquirenti che sarebbero venuti a cercare i loro colleghi. Lasciare la macchina in un quartiere malfamato della periferia milanese le sembrò un'ottima soluzione; poco lontano da lì avrebbe anche abbandonato i due cadaveri, di notte, legati e con la gola tagliata. Li avrebbe portati là con la loro macchina, lasciando nelle loro tasche anche qualche bustina di cocaina, di quella che aveva trovato a casa di Gualtieri. Sapeva che sarebbe riuscita a convincere il nonno a non denunciarla. Le sembrava un ottimo piano.

Di Maggio era abituato alle strade trafficate di Roma e per uscire dal centro di Milano non ci mise molto, ma appena imboccato viale Certosa cominciarono i problemi per via dei lavori stradali in corso. Dalla galleria di Gualtieri a Bollate il navigatore aveva stimato diciotto minuti, ma ce ne sarebbero voluti sicuramente di più.

Lucibello guardò l'ora, erano le undici e cinquantatré. – Appena arriviamo a Bollate ci fermiamo per mangiare un boccone, poi andiamo a trovare il professore – decise.

– *Ce famo du rigatoni con la pajata e 'na bella trippa, giusto ispetto'? Lo trovo io er posto giusto* – commentò Calderoni dal sedile posteriore, ed estrasse dal giubbotto il cellulare per cercare un ristorante su internet.

– Sì, basta che sia nei paraggi...

Arrivati a Bollate i tre dovettero tuttavia constatare che non c'erano locali che potessero soddisfare il palato di Calderoni. Lui si arrese e rimise deluso il cellulare in tasca. – L'unica cosa bella *de Milano è er treno pe' Roma* – sbottò il poliziotto.

Lucibello gli promise di invitarlo in una trattoria vicino a Mantova che faceva anche cucina romana e pochi minuti dopo parcheggiarono di fronte alla villetta del professore.

– Aspettatemi qui, ci impiego massimo dieci minuti, poi ce ne torniamo dritto a Mantova.

Lucibello scese dalla macchina e suonò per due volte il citofono dell'abitazione del professore. Proprio quando, finalmente, la signora Brambilla rispose, l'ispettore sentì Di Maggio suonare alcuni colpi di clacson per attirare la sua attenzione. Si voltò indispettito e il collega gli indicò con la mano la Giulietta di servizio di Baroni parcheggiata a una decina di metri. Lucibello la riconobbe subito.

– Chi è? – chiese un'anziana signora attraverso il citofono.

L'ispettore venne colto alla sprovvista e a quel punto, imbarazzato e incerto sul da farsi, dovette improvvisare. – Ehm, sono l'ispettore Lucibello... I miei colleghi sono su da lei?

– No, sono usciti una decina di minuti fa.

Lucibello si guardò intorno, ma non vide nessuno. – Ma è sicura? Guardi che la loro macchina è ancora parcheggiata qui di fronte.

– Non saprei, forse sono giù da mia nipote.

– Ah, va bene, grazie.

Lucibello era indeciso. Avrebbe dovuto spiegare al commissario cosa era venuto a fare, ma a quel punto non aveva scelta e suonò il campanello dell'abitazione di Letizia.

– Non rispondere, nonno – gli ordinò Giulia. Il suo tono era freddo e determinato. Il professor Brambilla la guardava sorpreso e al contempo affranto, non riconosceva più la sua nipote prediletta e cominciò a piangere.

Lei si chinò di fronte a lui e gli asciugò teneramente le lacrime con un fazzoletto.

– È finita, Letizia... – sussurrò lui.

Pochi minuti prima, quando Baroni si era congedato dai Brambilla per uscire con Ardenti e la nipote, il professore e la moglie si erano affacciati alla finestra, ma non avevano visto uscire nessuno dalla villetta. Erano rimasti lì per qualche istante, poi lui, preoccupato, aveva deciso di scendere al piano terra. L'ingresso era deserto, ma la porta dell'appartamento di Letizia era socchiusa. Il professore si affacciò: non poté credere ai suoi occhi. I due ispettori erano stesi sul pavimento privi di sensi, legati e imbavagliati. Letizia era seduta sul letto accanto a loro. Gli rivolse uno sguardo inespressivo. – Cosa hai fatto, Letizia?!

La voce del nonno era rotta, tremula, il suo sguardo pieno di compassione e sorpresa.

– Era l'unica cosa da fare, nonno! Ho vendicato papà. Ora, se vuoi, chiama la Polizia, così finirò in carcere per il resto della mia vita. Oppure te ne torni su e lasci fare a me.

L'uomo era scioccato e non disse più una parola. Si sedette su uno sgabello e chiuse gli occhi. Lei si alzò per confortarlo, quando sentì suonare di nuovo il citofono. Era la linea interna che collegava i due appartamenti.

– Dimmi, nonna, che c'è?!

– Letizia? C'è l'ispettore Lucibello alla porta e chiede dei suoi colleghi. Ma sono da te? E il nonno? Era sceso per...

Il citofono suonò nuovamente: questa volta chiamavano da fuori, doveva essere il poliziotto di cui parlava la nonna.

Giulia interruppe la chiamata e decise di giocarsi il tutto per tutto. Si sarebbe liberata anche di quel ficcanaso. Prese la bomboletta spray, l'agitò energicamente e si diresse verso l'ingresso. Si assicurò tramite lo spioncino che l'ispettore fosse proprio davanti alla porta, l'aprì di scatto e gli spruzzò in faccia una dose abbondante di narcotizzante.

Lucibello venne colto di sorpresa e non fece in

tempo a reagire, barcollò all'indietro e si accasciò di fronte all'ingresso, svenuto.

Giulia non poteva saperlo, ma Calderoni e Di Maggio assistettero alla scena dalla macchina.

– *Aó! Anvedi 'sta zozza...* – esclamò Calderoni, che si era appena acceso una sigaretta.

In pochi secondi entrambi gli agenti balzarono fuori dalla vettura con le pistole in pugno. – Mani in alto! – le intimarono, urlando.

Giulia teneva ancora in mano la bomboletta e li guardò stranita. Poi la buttò a terra e sorrise. Dietro di lei si affacciò il professore, che si appoggiò allo stipite della porta. Faticava a reggersi in piedi.

– Anche tu, vecchio, fermo! Mani bene in alto!

I due poliziotti si avvicinarono cautamente tenendo sotto tiro la ragazza e il nonno, per poi ammanettarli entrambi e chiamare via radio pronto soccorso e rinforzi.

Ospedale Fatebenefratelli, Milano

La prima faccia che Baroni vide al suo risveglio fu quella di Anna. Non era sicuro di essere vivo, la vista era ancora leggermente annebbiata e il cervello rintronato da un forte mal di testa. Forse era in paradiso o, più probabilmente, al purgatorio. Ma il bacio che gli diede Anna lo riportò subito alla realtà. Era un bacio vero, di quelli che non si potevano sognare. Si rese conto di essere stato ricoverato in una stanza d'ospedale insieme ai suoi due colleghi. Lucibello era ancora addormentato mentre Ardenti era già desto e stava parlando con Morello. L'orologio sulla parete segnava le venti e trentatré.

– Toh, si è svegliato anche il secondo moschettiere – scherzò il procuratore, rivolgendosi a Baroni. – Come sta, ispettore?

– Dov'è Letizia Brambilla, l'avete presa?

Ardenti lo guardò con un benevolo sorriso e gli fece cenno di sì col capo.

– Non si preoccupi, ispettore – intervenne Morello. – Calderoni e Di Maggio l'hanno arrestata e tradotta in carcere. Ho già disposto una perquisizione dell'appartamento, e sta emergendo sufficiente materiale probatorio per inchiodarla. Dalle analisi risulterà che lo spray narcotizzante è lo stesso usato per i due omicidi, ne sono sicuro. Abbiamo rinvenuto anche delle bustine di cocaina identiche a quelle trovate in casa di Gualtieri, un bisturi, una parrucca e delle lenti a contatto colorate, che usava molto probabilmente per camuffarsi. È lei l'assassina, non ci sono dubbi, le prove sono schiaccianti. Complimenti, avete risolto il caso!

Ardenti non condivise l'entusiasmo del procuratore. Non si perdonava la sua distrazione, l'aver sottovalutato il pericolo nonostante l'avvertimento di Baroni.

– Tre ufficiali di Polizia che si fanno mettere K.O. da una ragazzina di ventun anni... E sì che Franco mi aveva pure messo in guardia!

– Non si abbatta, commissario! Avete fatto un ottimo lavoro, risolto il caso, preso l'assassina. Siete diventati degli eroi, il Dream Team della Questura. Un encomio solenne non ve lo toglie nessuno!

Infine anche Lucibello aprì gli occhi e diede i primi segni di risveglio. Il procuratore gli si avvicinò per congratularsi anche con lui. – Come sta, ispettore? Guardi che anche lei è diventato un eroe, il caso è risolto e la colpevole è dietro le sbarre.

– La colpevole?

– Sì, la nipote del professor Brambilla, la figlia del gallerista che si era suicidato. Abbiamo trovato prove schiaccianti nel suo appartamento.

Il procuratore non poteva sapere che lui era lì per tutt'altri motivi, però non era certo quale fosse il momento per chiarirlo, e così Lucibello si limitò ad annuire con un sorriso forzato.

Un'infermiera avvertì il medico, che entrò nella stanza per spiegare loro che sarebbero dovuti rimanere sotto osservazione per altre ventiquattro ore. La dose di gas che avevano inalato aveva una concentrazione letale e potevano ritenersi tutti e tre fortunati di essersela cavata con così poco.

Baroni si rivolse alla sua compagna che teneva stretta per mano, chiedendole come fosse arrivata. – Calderoni e Di Maggio, dopo aver portato la ragazza in carcere, mi hanno chiamata per dirmi che sarebbero passati a prendermi. Sono stati veramente gentili. Hanno detto che sta arrivando anche il questore per congratularsi e vedere come state.

– E dove sono ora?

– Penso siano ancora qui fuori. L'infermiera ha detto che non possiamo stare in troppi nella stanza.

– Ma figurati! Falli entrare, per favore.

I due agenti entrarono, e ora la squadra era al completo. Morello si complimentò nuovamente con tutti e poi uscì per tornare in Procura.

A quel punto Ardenti, visibilmente affaticato, lodò i due agenti. – Ragazzi, vi dobbiamo la vita. Questa storia non ce la dimenticheremo mai.

– *Nun se preocupi, dotto', c'è annata bene.*

– Un giorno, magari, mi spiegherete cosa eravate venuti a fare da Brambilla – continuò il commissario rivolto a Lucibello e accennando un sorriso.

– Certamente, commissario, un giorno magari ve lo spiegherò... – rispose l'ispettore sorridendo a sua volta. – Ma non oggi.

Quando si trattava di stabilire se un imputato fosse stato capace di intendere e di volere o no al momento in cui aveva commesso il fatto, il professor Sergio Montichieri era il meglio. Non per niente era tra gli psichiatri forensi più richiesti dai tribunali e dalle procure della regione da oltre vent'anni. Medico psichiatra di chiara fama, aveva anche il pregio di non perdersi in discorsi troppo vaghi e di saper spiegare in modo semplice le diagnosi più complesse.

La perizia disposta da Morello era una contromossa a quella che aveva già annunciato la difesa di Letizia, che puntava specificatamente sulla sua incapacità di intendere e di volere quando aveva commesso i delitti e quindi alla sua non imputabilità secondo il Codice Penale.

Che fosse lei l'autrice dei due delitti era ormai inconfutabile, ma il caso conteneva tutti gli elementi per un processo spettacolare: una bella ragazza, per giunta orfana, che sviluppa una personalità multipla e vendica il padre a distanza di dieci anni pianificando minuziosamente due crimini orrendi senza poi ricordare nulla e continuare a vivere una tranquilla vita da timida studentessa. Il fatto che le due vittime fossero entrambe personaggi in vista nel mondo dell'arte e la modalità con cui erano state uccise rendeva tutta la storia estremamente attraente per i mass media di tutto il mondo, specialmente per quelli americani.

Gli avvocati penalisti più noti del Paese si erano offerti di difenderla gratuitamente e stavano preparando un mucchio di perizie psichiatriche dei più noti professionisti del settore. Il caso offriva, infatti, una platea impagabile in termini di visibilità per chiunque vi fosse coinvolto, che fossero avvocati, psichiatri, testimoni, parenti, vicini di casa o cronisti. Persino un ex compagno di banco di Letizia delle medie era riuscito a ritagliarsi i suoi cinque minuti di celebrità rilasciando una intervista a un noto programma televisivo della domenica.

Pochi giorni dopo il suo arresto, Letizia abbandonò il suo riserbo e cominciò a collaborare con gli inquirenti e con i numerosi specialisti che man mano venivano a visitarla. A tutti disse la verità: ammise di aver covato rancore per Gualtieri, perché suo nonno lo riteneva indirettamente responsabile della morte del figlio, suo padre. Ma sosteneva di non aver mai incontrato Gualtieri in vita sua e non ricordava per niente tutto ciò che riguardava la pianificazione e l'esecuzione del suo omicidio. Non riusciva nemmeno a spiegarsi quello di Vinciguerra e la ferocia con cui erano stati compiuti i due delitti. Tantomeno sembrava consapevole di aver condotto per mesi una doppia vita nelle vesti di Giulia.

Quando gli investigatori le mostrarono le foto delle due scene del delitto, Letizia svenne più volte. Gli inquirenti rimasero scettici e continuarono a sospettare che mentisse o simulasse. La misero a confronto più volte con le prove schiaccianti trovate nel suo appartamento, a cominciare dal bisturi, la parrucca, le lenti a contatto colorate, la bomboletta spray, la SIM con cui venne chiamato Vinciguerra prima dell'omicidio e le bustine di cocaina appartenenti a Gualtieri. La sua reazione fu sempre la stessa: stupore, incredulità e tanti "non me lo so spiegare".

Sembrava sinceramente sbalordita dalle accuse che le venivano mosse.

Gli inquirenti cercarono di smascherarla organizzando un confronto con i fratelli Bonalumi. La ragazza aveva frequentato per diversi mesi la loro galleria, ma quando vide i due fratelli non li riconobbe e non fece trasparire alcuna emozione. Persino quando Stefano le si avvicinò per salutarla lei lo guardò sorpresa, come fosse un estraneo incontrato per la prima volta. Il suo battito cardiaco, i suoi occhi, il linguaggio del suo corpo non tradirono alcuna reazione emotiva. Gli psicologi presenti al confronto erano unanimemente convinti che fosse sincera e che non stesse simulando.

Letizia mostrò lo stesso atteggiamento quando venne ricostruita la dinamica del suo arresto. Rammentava perfettamente il giorno in cui i due ispettori erano andati a casa del nonno, ma i suoi ricordi terminavano con l'ispettore Baroni che di scatto ribaltava la sedia su cui era seduto accusandola con aria minacciosa di essere un'altra persona. Non aveva mai visto o conosciuto prima quell'ispettore e non si spiegava il suo atteggiamento. L'unica cosa che ricordava di quella giornata era il risveglio in una cella di sicurezza.

Erano ormai passati due mesi dal suo arresto, e il procuratore decise di disporre a sua volta una consulenza tecnica. Sicuramente i giudici avrebbero fatto altrettanto una volta iniziato il processo, e Morello non voleva arrivarci a mani vuote.

– Che Letizia sia affetta da un forte disturbo dissociativo dell'identità è fuori di dubbio, dottore. Una volta lo si definiva disturbo della personalità multipla – gli spiegò il professor Montichieri. – Significa che convive in lei una seconda identità, con propri modi di pensare, percepire e relazionarsi con l'ambiente che la circonda. Questa patologia si sviluppa soprattutto in casi di traumi infantili come abusi sessuali oppure, nel caso di Letizia, la morte precoce dell'unico genitore.

Il procuratore ascoltava pazientemente l'esposizione dello psichiatra.

– La sua capacità d'intendere in questo caso non viene messa in dubbio nemmeno dalla difesa. Loro punteranno piuttosto sulla impossibilità di Letizia di volere, cioè di autodeterminarsi, sulla sua incapacità di controllare i propri stimoli e impulsi a una certa azione o comportamento, in questo caso gli omicidi, quando veniva guidata dal suo alter ego.

– Mi spieghi meglio, per cortesia, professore.

– Di norma le varie identità che si creano nella mente di un soggetto affetto da questa patologia non interagiscono fra loro, anzi, non sanno nemmeno di coesistere, ma si alternano nel controllo della persona. Queste identità multiple convivono nella stessa persona come in compartimenti stagni, non necessariamente comunicano fra loro e non ricordano nulla di cosa ha fatto la loro identità parallela. Di regola non c'è una conoscenza reciproca delle due personalità, ma, nel caso specifico, la nuova identità che si è sviluppata è a conoscenza dell'altra. Quindi Giulia sapeva di Letizia, ma non viceversa. Per questo motivo un sintomo tipico di questa patologia è l'amnesia, e Letizia accusa proprio numerosi vuoti di memoria che le impediscono di ricordare e ricostruire intere giornate o di riconoscere persone che la sua identità parallela ha frequentato. – Lo psichiatra fece una breve pausa, poi aggiunse una sua valutazione.

– Nel caso specifico di Letizia, temo tuttavia che si possa ipotizzare una forma ancora più grave, praticamente mai diagnosticata prima: che cioè una delle due identità abbia prevalso sull'altra.

– Come in un indemoniato?

– Quello è tutt'altra cosa, dottore! La possessione da parte di spiriti maligni riguarda la religione, la fantasia popolare e il cinema. Io sto parlando di un disturbo mentale riconosciuto dalla scienza medica e psichiatrica. Ci sono casi clinicamente accertati di pazienti con oltre dieci diverse identità.

Morello aggrottò la fronte. Aveva seguito con estrema attenzione la spiegazione del perito e cominciò a presagire uno scenario che avrebbe volentieri evitato: il processo non si sarebbe più basato sulle prove degli omicidi a carico di Letizia, peraltro schiaccianti e inconfutabili, bensì esclusivamente sulla sua capacità di intendere e di volere. Sarebbe stata un'estenuante battaglia fra psichiatri, di perizie e controperizie dall'esito tutt'altro che scontato.

– Professore, mi rimane un dubbio...

– Mi dica.

– Persino i killer seriali vengono dichiarati capaci di intendere e di volere, eppure sono degli psicopatici. Donato Bilancia in due anni ha commesso diciassette omicidi. Anche in quel caso la difesa aveva puntato sui suoi disturbi psichici, eppure è stato condannato a tredici ergastoli. Nel nostro caso stiamo parlando di qualcosa di molto simile, se non sbaglio: due omicidi efferati, pianificati e premeditati minuziosamente per un lungo lasso di tempo da una malata mentale e da lei commessi con estrema freddezza e lucidità.

– Capisco dove vuole arrivare, dottor Morello.

Sono d'accordo con lei che ormai non basta più accertare un'infermità mentale per escludere automaticamente l'imputabilità di un soggetto. Bisogna anche dimostrare il legame diretto tra l'evento, in questo caso l'omicidio, e la causa, la sua malattia mentale. Dimostrare cioè che la malattia abbia concretamente interferito sulla sua capacità di intendere e di volere nel momento in cui ha commesso il delitto, e questo è più difficile. Donato Bilancia era nel pieno delle sue facoltà mentali quando ha commesso quei delitti, eppure era senza dubbio affetto da patologie psichiche.

– Il nesso causale... – ripeté il procuratore, evocando il suo esame di diritto penale all'università.

– Esattamente, procuratore. I serial killer sono degli assassini di natura compulsiva perfettamente in grado di intendere il significato delle loro azioni, e hanno la volontà di compierle e di uscirne impuniti. L'elemento centrale è la ripetitività dell'azione omicida, non c'è alcuna incapacità di autodeterminazione nel momento in cui commettono il delitto. Quando uccide, il serial killer è consapevole di ciò che sta facendo, mantiene sempre, o quasi sempre, la possibilità di scegliere, di decidere, di valutare le sue azioni. Su questo le do ragione. Ma il caso di Letizia è diverso: molto più complesso.

– Sono tutt'orecchi, professore.

– Nel caso di Letizia, alla difesa basterà dimostrare che lei è affetta da una patologia mentale di consistenza e di gravità tali da incidere concretamente e in modo costante sulla sua volontà. E il disturbo dissociativo della personalità di cui soffre Letizia lo è, a tutti gli effetti.

– Mi sta dicendo che secondo lei c'è la possibilità

che quell'assassina psicopatica venga dichiarata incapace di intendere e di volere e quindi non imputabile? Niente processo?

– Totalmente incapace, sì. Temo proprio di sì. Vizio totale di mente. Non credo andrà in carcere.

Lo psichiatra rifletté su come trovare le parole giuste per semplificare la propria spiegazione. – Il fatto è, dottore, che l'imputata è Letizia, non la sua seconda identità.

Morello s'incuriosì per quella distinzione. – E quindi? Che significa?

– È pur vero che i due omicidi furono premeditati, ragionati e programmati per un lungo lasso di tempo, e questo farebbe supporre che la volontà di autodeterminazione di Letizia non fosse compromessa. Ma la difesa dimostrerà che è affetta da un disturbo di identità multipla e che sia stata questa sua seconda personalità, il suo alter ego, a guidare Letizia nell'azione omicida, facendole assumere l'identità di Giulia. E se riuscirà a dimostrare questo, i giudici potrebbero facilmente dichiarare la sua impunibilità. In sintesi: il colpevole non è Letizia, ma Giulia.

Montichieri non usò mezzi termini per spiegare al procuratore come stavano le cose; a suo parere la difesa avrebbe avuto la meglio.

– Dottor Morello, è inutile girarci intorno. Potrebbe diventare una lunga disputa fatta di perizie e controperizie, perché si tratterà di accertare se Letizia sia effettivamente affetta da questo disturbo della personalità multipla, se e in quale misura la patologia abbia causato o influenzato la sua condotta criminosa, quale delle sue identità abbia pianificato gli omicidi e, soprattutto, se Letizia fosse in grado o no di opporsi al suo alter ego.

– E secondo lei lo era? Intendo, era in grado di opporsi?

– È impossibile stabilirlo ora con certezza, però ne dubito fortemente. Ho visitato la ragazza un paio di volte, ma non bastano. È socievole, serena, è anche consapevole di ciò che è successo, tuttavia non ha la più pallida idea di come. Temo che la sua seconda personalità, quella di Giulia, si sia fatta carico di vendicare il padre e che si sia impossessata, se così si può dire, del corpo di Letizia alla bisogna per compiere i due delitti, lasciando Letizia ignara di ciò che stava facendo. Come le dicevo prima, le due identità convivono nella stessa persona come compartimenti stagni. Sono sicuro che Letizia sia all'oscuro del modo in cui la sua identità parallela abbia organizzato e compiuto gli omicidi.

Il professor Montichieri fece una pausa per riflettere sulla sua diagnosi. Non voleva sbilanciarsi troppo, ma era sufficientemente certo di ciò che stava dicendo, e aggiunse un particolare. – Anche i due investigatori che l'hanno scoperta, Baroni e Ardenti, hanno riferito che la ragazza cambiò repentinamente il suo atteggiamento, la sua personalità, quando venne messa alle strette. In quel momento fu il suo alter ego, Giulia, ad assumere il controllo di Letizia, e oggi quest'ultima non ricorda nulla di quello che ha fatto ai due poliziotti. Il cambio da una personalità all'altra in questi casi è praticamente istantaneo, è una caratteristica tipica di questa patologia mentale.

Nella stanza del procuratore calò il silenzio, poi lo psichiatra riprese la sua considerazione. – È un caso abbastanza raro, se ne stanno interessando anche riviste specializzate americane. Ma ci vorranno mesi per capire cosa sia successo nella sua mente e di sicuro diversi anni, forse decenni, per curarla. Comunque non ci sono dubbi che Letizia sia affetta da un gravissimo disturbo dissociativo della personalità.

Il professore si schiarì la voce. Gli parve di capire che Morello non s'aspettasse da parte sua una diagnosi favorevole alla ragazza, tanto valeva chiarirlo subito. – Signor procuratore, vuole un mio parere obiettivo, del tutto provvisorio ovviamente?

– Non chiedo altro, professore.

– A mio parere Letizia non andrà in carcere. Il giudice dell'udienza preliminare disporrà una perizia psichiatrica e giungerà alle stesse mie conclusioni. Disporrà il ricovero presso un ospedale psichiatrico giudiziario, che oggi chiamiamo REMS, residenza per l'esecuzione delle misure di sicurezza. E la ragazza ci starà per parecchi anni, almeno una decina, fino alla completa guarigione... se mai guarirà. Sarà necessario un lungo lavoro di psicoterapia, ipnosi e psicofarmaci, per ricondurre e riunire in un'unica personalità le sue due identità.

Morello prese atto di quanto gli stava dicendo lo psichiatra. Lo conosceva da anni e si fidava di lui.

– A me basta un suo parere professionale obiettivo, professor Montichieri, come sempre. Non ne farò certo un fatto personale e mi affiderò al suo giudizio, ma non vorrei nemmeno essere preso per i fondelli da una psicopatica o dagli psichiatri della difesa. Ha quarantacinque giorni di tempo per la sua consulenza tecnica. Buon lavoro.

Morello accompagnò alla porta lo psichiatra e lo congedò con una stretta di mano. Il caso era praticamente chiuso e tutto dipendeva ormai dai periti. Se le cose stavano come gli aveva spiegato Montichieri, la ragazza non sarebbe arrivata a processo, ma dichiarata non imputabile dal giudice dell'udienza preliminare per incapacità di intendere e di volere. Quella prospettiva non gli andava giù e un sentimento misto tra dubbio e perplessità lo assalì. Tornò alla scrivania e sfogliò di nuovo il fascicolo dell'indagine. Aveva interrogato la ragazza in più occasioni e ogni volta lei sembrava del tutto inconsapevole di cosa avesse fatto, come una persona estranea ai fatti. Se la diagnosi del professore era esatta, pensò il procuratore, Letizia non mentiva, era veramente innocente o perlomeno non imputabile. Per un attimo provò compassione per la giovane ragazza, poi chiuse il fascicolo e lo archiviò fra i casi risolti.

Soho pub, Mantova

Baroni e Ardenti entrarono nel pub per primi, e l'ispettore fece segno al barista alzando quattro dita.

Dopo la rocambolesca cattura di Letizia, il Dream Team divenne inseparabile, e il Soho diventò il loro ritrovo abituale, con un appuntamento settimanale fisso: ogni venerdì alle diciannove. Giacomo, che per rimanere in sintonia con il locale si faceva chiamare da tutti Jack, era ben contento di averli come clienti fissi perché il giro di spaccio che trafficava nei dintorni del locale si era prudentemente spostato in una lontana traversa.

Jack si avvicinò con un vassoio e le quattro pinte di birra inglese. Baroni e Ardenti fecero un breve brindisi.

– Hai visto ieri lo speciale su Letizia che è andato in onda in televisione? – chiese Baroni.

– Sì. Incredibile. Sta diventando una star, la Bella e la Bestia. Non mi stupirei se ci facessero un film.

– Lo faranno sicuramente, vedrai. Ho saputo che ieri sono arrivati in città anche dei giornalisti americani e giapponesi, con troupe televisive al seguito. Stanno riprendendo le varie location per un documentario che andrà in onda su una pay-tv.

– Ti hanno più contattato per qualche intervista?

– Figurati, ma certo. Ho dato ordini alla Fargiulli di troncare ogni aspettativa in tal senso, spero abbiano capito.

– Finché non faranno il processo questa storia non finirà. Se mai lo faranno...

– Ho sentito il procuratore. – Il commissario s'interruppe e fece un cenno a Calderoni e Di Maggio che si erano appena affacciati all'ingresso del locale.

I due agenti presero posto e insieme brindarono.

– Scusate il ritardo, ma è arrivata una chiamata all'ultimo minuto. Pare che sia scomparsa una bambina nei giardinetti vicino alla stazione. La madre era esagitata... – esordì Di Maggio.

– Sarà stato *er padre, su padre e su madre so' divorziati* – aggiunse Calderoni.

– Hanno mandato due pattuglie e la stanno cercando – concluse Di Maggio, che subito dopo assunse un'espressione divertita: – Se ne sta occupando l'ispettore di turno stasera. Indovinate chi?

– Dario? – volle sapere il commissario.

– Sì.

– Che la madre fosse esagitata si può capire, Di Maggio – gli disse Baroni. – Quando avrai figli, te ne accorgerai.

Di Maggio si strinse nelle spalle e annuì, mentre Calderoni fece notare a tutti che erano appena entrate nel pub due avvenenti ragazze.

L'ispettore non ci fece caso, sembrava piuttosto concentrato sulla musica che Jack stava mixando sull'impianto stereo accanto al bancone. Era tutta musica pop inglese, e lo impressionò la qualità delle canzoni. Dopo i Verve e gli Oasis, le prime note di *Start me up* dei Rolling Stones si stavano diffondendo per tutta la sala. Il Soho diventò definitivamente il suo bar preferito.

I quattro finirono le birre e il commissario ordinò un nuovo giro.

– A proposito di Lucibello... – Ardenti si mise a sorridere pensando a quanto aveva da raccontare. – Vi ricordate il nipote di Brambilla, Luca, il fratello di Letizia? Be', l'altro ieri l'ho incrociato davanti alla Questura con una scatola di cioccolatini in mano, cercava Dario.

I tre colleghi lo guardarono incuriositi.

– Non mi ha voluto dire il perché, diceva che era lì per motivi personali, poi però mi sono incuriosito, ho chiesto a Dario e lui me l'ha detto. Pensate: il ragazzo voleva ringraziarlo per averlo fatto riconciliare col nonno. Pare che Lucibello qualche settimana fa sia andato a Milano a parlare con il professore e a dirgliene quattro su come ha trattato il nipote in tutti questi anni, e ora nonno e nipote sono diventati inseparabili. Il figliol prodigo è tornato in famiglia e ha ripreso gli studi.

– Che forte! E *daje*, Lucibello! – esclamò Calderoni.

– Forte veramente – approvò Baroni con ammirazione.

– Un brindisi al buon samaritano della Questura! – propose il commissario.

I quattro brindarono a Lucibello e rimasero a chiacchierare per un'altra mezz'ora. Quell'indagine li aveva uniti in un sodalizio e in un'amicizia che sarebbe durata per sempre.

Alle diciannove e quarantacinque esatte si alzarono dal tavolo per tornare alle loro famiglie. Quella regola l'aveva imposta Baroni e tutti la rispettavano.

Il camionista suonò impaziente il clacson più volte, aveva fretta di tornare a casa: alle otto sarebbe iniziata la partita decisiva della nazionale serba per la qualificazione ai mondiali di calcio. Erano già le sette e mezzo.

Quando finalmente il cancello si aprì, l'autista fece cautamente manovra con il suo bilico ribaltabile carico di rottami per posizionarlo sulla pesa. Il carico superava di gran lunga il massimo consentito e rischiava pure di debordare se avesse fatto spostamenti bruschi.

Dalla finestra rotta del gabbiotto accanto alla pesa si udivano le note di *Tamo daleko*, una malinconica canzone folk, molto famosa in Serbia. Passò qualche minuto e un uomo con una tuta blu da meccanico uscì dal gabbiotto e gli consegnò un bigliettino della pesata lorda: cinquantotto tonnellate e quattrocentoventi chilogrammi. Il camion proseguì verso il deposito e cominciò a scaricare.

– Ho saputo che il prezzo del rottame è salito la scorsa settimana – urlò l'autista fra il frastuono provocato dai pezzi di ferro e d'acciaio che si stavano riversando nel deposito del piazzale.

– Sì, di poco. Siamo ancora sotto i quarantamila dinari alla tonnellata. Ma è in salita, hai ragione. Vediamo la settimana prossima.

Svuotato il carico, il camion tornò sulla pesa, e Dusan Starkoievich calcolò la tara. Uscì dal gabbiotto con una calcolatrice e un bloc-notes in mano. Mostrò all'autista i numeri. In tutto facevano un milione e centoquindicimila dinari, mal contati circa diecimila euro. L'autista approvò e Dusan andò in ufficio, prelevò il contante dalla cassaforte e lo consegnò all'autista, che lo salutò e uscì dal piazzale con il suo bilico scarico.

"Diecimila euro..." rifletté Dusan sorridendo amaramente. Con un po' di fortuna avrebbe rivenduto il rottame con un margine totale di seicento euro, nella migliore delle ipotesi. Fino a pochi anni prima i suoi quadri si vendevano fra i sei e i diecimila euro. Ne aveva dipinti un centinaio per la Galleria Gualtieri in Italia, senza contare quelli prodotti per la galleria negli Stati Uniti.

Mentre si dirigeva verso la gru per sistemare il rottame appena scaricato sul piazzale, Dusan si guardò le mani. Erano sporche, ruvide, macchiate di grasso. All'epoca, ai bei tempi che furono, l'oggetto più ingombrante che doveva tenere in mano era un pennello o un flûte, altro che resti di lamierini, tondini e barre di ferro tranciati e insozzati di grasso e di olio da macchina.

Era accaduto tutto così in fretta, e questi lampi di nostalgia gli tornavano in mente quasi ogni giorno.

Subito pareva che dopo la morte di Gualtieri i fratelli Bonalumi avrebbero gestito l'attività in perfetta continuità, questo perlomeno era quello che loro avevano assicurato a tutti, compreso lui. Poi, poche settimane dopo, tutto d'un tratto la galleria era stata chiusa e gli avevano comunicato la rescissione del contratto. Dusan Starkoievich non la considerò una cattiva notizia. Ma quella che sembrava inizialmente un'agognata liberazione da un contratto capestro si sarebbe presto rivelata come l'inizio di un'inarrestabile discesa nell'anonimato.

Come prima cosa Dusan aveva contattato alcune

importanti gallerie d'arte. Iniziò da quelle di Milano, poi quelle di Roma, Torino e via via scendendo fino ai piccoli commercianti d'arte che vendevano online. La risposta era stata sempre la stessa, un cortese ma netto rifiuto.

Starkoievich non riusciva a capire come mai nessun commerciante d'arte mostrasse interesse per le sue opere, che fino a pochi mesi prima Gualtieri riusciva a vendere a caro prezzo. Si ingegnò allora a proporre i suoi quadri su un proprio sito internet, collegato alle principali piattaforme di vendita online. Ma le offerte non superavano mai le poche centinaia di euro, che coprivano a malapena le spese di spedizione. Dusan non poteva saperlo, però così facendo aveva definitivamente distrutto il già discutibile valore di mercato dei suoi lavori.

Sei mesi dopo la chiusura della Galleria Gualtieri, abbandonò il suo sito online e si concesse un anno sabbatico per riflettere. Il padre si era pure ammalato e lui cominciò a occuparsi dell'azienda. Solo provvisoriamente, chiaro, pensava.

Erano passati due anni dalla morte di Gualtieri, e Dusan Starkoievich aveva ormai rinunciato a ogni velleità artistica.

Oggi Dusan Starkoievich è felicemente sposato, gestisce l'impresa del padre e continua a dipingere per diletto, non più arte astratta ma prevalentemente paesaggi e scene rurali.

Ogni terza domenica del mese propone i suoi quadri al mercatino del centro di Belgrado. Quando riesce a venderne uno, a non più di venti, trenta euro, si sente realizzato, felice. Gli piace il contatto col pubblico, e sapere che un suo quadro venga apprezzato e appeso nella casa di uno sconosciuto lo appaga enormemente. Significa che è riuscito a suscitare e trasmettere un'emozione positiva nell'acquirente.

La soddisfazione più grande gliela danno i turisti americani o italiani. A loro racconta volentieri dei bei tempi in cui era un artista di pittura astratta affermato. Quando qualcuno di loro gli chiede come mai abbia smesso quell'esperienza, Dusan risponde sempre sorridendo, con una frase che sentiva spesso dire a Gualtieri: – L'arte contemporanea non è per tutti.

Devo un fraterno ringraziamento a Sergio, psichiatra forense, per avermi introdotto nei meandri del Disturbo dissociativo dell'identità; all'amica Anna Maria, che mi ha ispirato il personaggio di Anna e, infine, a Caterina, esperta di arte contemporanea.

Il primo caso dell'ispettore Baroni, *Il piano Grande Cina*, è di prossima uscita.

ENKI – Collana di Saggistica

Riccardo Gobbi, *Dal circolo vizioso al circolo virtuoso*
Corinna Tania Gallori, *Il Monogramma dei Nomi di Gesù e Maria*
Rino Cammilleri, *Il Kattolico 3*
Roberta Lugoli, *La Mente Cosmica – Una metafisica del pensiero*
Riccardo Gobbi, *Memoria e conferme su Dio e sulla fede*
Fausto Bertolini, *Gesù e il Super-Io*
Michele Garini, *MESSA così è tutta un'altra cosa – Rito, esperienze, suggestioni*
Francesco Burlini, *Eresie ambientaliste*
Fabio Terraroli, *Leggende di Lonato*
Giorgio Pavesi, *Leone de' Sommi hebreo e il teatro della modernità*
Christian Monti, *Viaggio critico nel Mistero – tra Cattedrali gotiche, Templari e Massoneria*
AA. VV., *La Cattedrale di Asola*
Lidia Gallico, *Una bambina in fuga – Diari e lettere di una ebrea mantovana al tempo della Shoah*
Fausto Bertolini, *E se Dio non ci fosse?*
Alberto Zanoni, *I temi della vita tra Sacra Bibbia e miti*
Carlo Salvoni, *La Fonte*
Dante Chizzini, *Luci e ombre nei rapporti tra Viadana e Mantova – dalle Additiones agli Statuti (1430/1724)*
Marianna Maiorino, *Il canto dell'arcobaleno: La sinestesia*
Fabrizio Tassi, *Come il volo lontano degli uccelli nella pace della sera – Mistica domestica* di Fabrizio Tassi
Ferrante Bandera, *Diario di una breve stagione*
Sara Ascoli, *Cenerentola: L'inganno, l'anima e il Sang Real*
Mario Cattafesta, *Come bevevano gli antichi*
Lamberto Gherpelli, *Parma – I segreti e gli amori di una capitale*
Cesare Pirozzi, *Il segreto di Dante*
Michele Garini, *Arte e catechesi*

Emilio Reghenzi, *San Giuseppe – La vita nello spirito dello sposo di Maria*

Giuseppina Tratta – Susanna Migliorati, *Enneagramma in corso – Lezioni semplici per saggi principianti e nevrotici esperti*

Cesare Pirozzi, *La natura delle cose – Ciò che Platone sapeva ed Einstein non riuscì mai a capire*

Maurizio Uggeri, *Il bracciante che voleva la luna*

Roberta Lugoli, *Tecniche di comunicazione efficace e PNL - Tra persuasione e manipolazione*

Franca Fassio e Anna Trombetta, *Pillole di salute - Ovvero consigli per un'alimentazione e uno stile di vita sani e consapevoli*

Tullio Banni, *Il mugnaio alla Grande Guerra*

Arthur Fowler, *Verso una visione unitaria della realtà - Strutture complesse e isomorfismi*

Édouard Schuré, *I grandi iniziati della storia / Libro Primo / Rama (Il ciclo ariano)*

ANUNNAKI – Collana di Narrativa

Daniele Vazquez, *La comunità dei sogni*

Fausto Bertolini, *Telebordello – Storie da far rizzare l'antenna*

Maurizio Ferrante Gonzaga, *Assalto al castello*

Mariarosaria Capaccio, *Il mare all'improvviso*

Luigi Schifitto, *L'uomo con lo zainetto*

Mauro Acquaroni, *Piccioni*

Carolina Giorgi, *La rosa di Ledmore Vale*

Anna Viale, *La camera celeste*

Ana Kramar, *Il ritorno – Storie migrabonde*

Angel Luís Galzerano, *Cronache sentimentali di un italiano a metà*

Floriano Rubiano Fila, *Appuntamento tra due anni*

Carla Menaldo, *Il re del tango*

Fausto Silva, *Il grande firlinfù*

Guido Manuli, *Lassù qualcuno mi ama?*

Adriano Bernasconi, *Omocrazia*

Sara Bellingeri, *Cartoline dal muro*

Stefano Iori, *La giovinezza di Shlomo*

Massimo Forte, *Peccato averla già consegnata*
Fausto Bertolini, *L'amore ai tempi del colesterolo*
Mauro Novellini, *Re infecta*
Michela Tafelli, *La stirpe di Zoltan*
Michela Tafelli, *I segreti di Zoltan*
Carla Magnani, *Acuto*
Mauro Acquaroni, *De La Tour*
Davide Rubini, *Il fischio finale*
Enrico Ratti, *Il taccuino dei dannati*
Leone di Candia, *Panama Caffè*
Antonio Della Rocca, *La bambina in rosso*
Marisa Pezzella, *Freddo fuoco bruciato*
Ruco Magnoli, *Sharon trova*
Lidia Masci, *Anno bisestile*
Angel Luís Galzerano, *Storie lunghe una canzone*
Carlo Salvoni, *Menamato – Storie di un cane a tre zampe*
Ruco Magnoli, *Sharon pesca*
Fausto Bertolini, *Il caso Satanas*
Mauro Novellini, *Nella legione di confine*
Celine Finco, *Due razze*
Riccardo Bassi, *La nostra prima vera estate*
Giulia Deon, *Novelle in decrescendo*
Ruco Magnoli, *Sharon vola*
Maurizio Salva, *Omicidio in Cittadella*
Alessandra Perugini, *Blu oceano*
Francesco De Siena, *Le variazioni degli spiriti*
Carla Menaldo, *Rosastrega*
Alberto Costantini, *Le astronavi di Cesare*
Chiara Donà, *In ognuno di noi*
Erminio Giavini, *Con un capello biondo si può vincere il premio Nobel*
Alessia Moneta, *Dagli occhi di Alice*
Antonella Presutti, *Nevica poco e male*
Alberto Sogliani, *Una squadra lunga dieci anni*
Florino Rubiano Fila, *Di veleno e di sogno*
Luca Bonaffini, *Eterni secondi*
Mauro Acquaroni, *L'Utile – à la recherche de –*

Emiliano Caiani, *Criminose illusioni – Delitti e destini –*
Luca Pipitone, *Papao*
Pierangela Rubes, *Donne in silenzio*
Augusto Bolther, *I racconti del sabato*
Marisa Gianotti, *La collana di Miràm*
Ruco Magnoli, *Sharon scia*
Ruco Magnoli, *Sharon protegge*
Luigi Schifitto, *Delitti di stagione*
Ruco Magnoli, *Sharon studia*
Lidia Masci, *Le ali di Alì*
Ruco Magnoli, *Sharon alleva*
Ruco Magnoli, *Sharon balnea*
Ruco Magnoli, *Sharon villeggia*
Ana Danca, *Patrie interiori*
Eliana Fusai, *Il tempo dell'anima*
Luca Ragazzini, *Le misturanze – Dormiveglia irlandese*
Nadia Bellini, *Un cancello a chiudere il vento*
Silvia Peroni, *Gatti, Stregatti e Aristogatti*
Sergio Rossi, *Una questione di naso*
Ruco Magnoli, *Sharon ritorna*
Ruco Magnoli, *Sharon suona*
Alessandro Gianesini, *La brigata della speranza*
Monica Ferraioli, *Cenerentola oggi calzerebbe il 41*
Guendalina Bosio, *Destinazione felicità*
Luca "Splash" Guarneri, *Sigla*
Maristella Bonomo, *Navel*
Fausto Bertolini, *Giulietta deve morire*
Riccardo Bassi, *Sognando Bologna*
Simone De Bernardin, *Lettere*
Paolo Pisi, *Il meccanico di Nuvolari e altri personaggi di genio*
Ilaria Arpella, *Le cronache dei Regni Perduti – Le Regine dei Regni Perduti*
Giorgio Corvi, *Il fiore dell'eternità*
Ruco Magnoli, *Sharon fiuta*
Ruco Magnoli, *Sharon nuota*
Raffaella Azzini, *Vento d'autunno*

Laura Coghi, *Innamorarsi del possibile*
Angel Luís Galzerano, *Naufraghi*
Elisabetta Baraldi, *Sono tornate le pecore*
Floriano Rubiano Fila, *Scritto in Nicaragua*
Aquilino, *Passione di Fedra*
Silvia Peroni, *Tutto in un mese*
Mauro Acquaroni, *Ho visto – J'ai vu*
Stefania Lamanna, *Il rimpianto perfetto*
Sergio Rossi, *La bella età*
Maria Giovanna Farina, *Non siamo solo cagnolini*
Ariel Shimona Edith Besozzi, *Qualcosa per cui correre*
Lina Calogera Alaimo, *Stella Fruttidoro*
Cornelia Campidelli, *L'ignoto capovolto*
Fausto Bertolini, *Gli omicidi del Colosseo*
Adriano Bernasconi, *Eterofobia*
Ruco Magnoli, *Sharon visita*
Ruco Magnoli, *Sharon sconfina*
Lorenzo Zani, *A. Strano*
Alice Cesarini, *Abraham*
Edoardo Francesco Taurino, *Ātman e Poesia*
Maria Renata Sasso, *La cardatrice*
Cristina Brutti, *Un cammino, il mio*
Nicola Calza, *L'eredità degli uomini*
Andrea Bucci, *La leggenda del dono di Taon*
Chiara Furlotti, *Lacrime d'inchiostro*
Martino Malgesini, *Morfina*
Marisa Gianotti, *Un giardino veneziano*
Franco Brighi, *Il giorno in cui morì Alejandro Jodorowsky*
Roberto Tondi, *Sulle ali*
Alberto Costantini, *La donna del tribuno - L'avvincente storia di una donna ai confini dell'Impero Romano* di Alberto Costantini
Paola Azzoni, *La Piccola*
Jennifer Hamilton, *L'ultima ninfa*
Gabriella Paola Zurli, *La maison qui touche aux bois*
Luigi Randaccio, *I quesiti di novizio Calabrone*
Claudia Melegari, *Di visione*

Claudia Mereu, *Il mondo a culo in susu – Quando l'amore non ti lascia morire in pace*
Ruco Magnoli, *Sharon rifiuta*
Ruco Magnoli, *Sharon esorcizza*
Claudio Fraccari, *Le spine della rosa – Commedia breve in prosa*
Francesca Bonetti, *Un mare d'amore*
Vivien Zinesi, *Sogni di carta*
Fabio Giagnoni, *Infernorama*
Fausto Bertolini, *Negli occhi delle donne – Vita sentimentale di Cartesio*
Ana Danca, *La voce del silenzio*
Maria Beatrice Bandera, *Banda bandera*
Antonino Moschella, *Il sarto di Zeus*
Emilio Salgari, *Il corsaro nero*
Fabrizio Ferloni, *Il mare di Cristobal*
Stefano Iori, *I semi dell'incanto. Racconti 1972 – 2020*
Massimo Petrilli, *Io sono colui che sono*
Michela Guindani, *Come un campo di papaveri*
Massimo Baraldi, *Nagottville*
Alberto Costantini, *Donne ai confini dell'Impero*
Alessandro Gianesini, *Relazioni pericolose – Amori e altri disastri*
Marcello Tarozzi, *Le città dei sogni – Racconti del nostro tempo*
Vittorio Cicirata, *I tre demoni*
Giulia Elisabetta Bianchi, *Vite traverse*
Fausto Bertolini, *L'ultimo amore di Casanova*
Francesco Torreggiani, *Sentenze mortali*
Maria Renata Sasso, *I miei Balcani*
Anna Bertuccio, *L'isola delle donne volanti*
Antonio Badolato, *Quirinale: operazione Ultima spes*
Marcella Guidoni, *Il cammino delle oche selvatiche*
Cristina Danielis, *Nostalgia degli incontri*
Stefano Montruccoli, *L'ultimo assolo*
Emanuele Gualerzi, *Le false verità*
Alberto Costantini, *La schiava dei libri*
Franco Brighi, *Le parole sospese*
Luigi Guicciardi, *I segreti non riposano in pace*
Giulia Deon, *Vladimir Korsakov*

Sergio Rossi, *Le donne del lago*
Myriam Mantegazza, *La verità dell'agave*
Stefania Miotto, *La preda*
Andrea Del Ponte, *Il professore e la strega*
Silvia Peroni, *Riparto da qui*
Marisa Gianotti, *La ragazza con i libri in testa*
Gwenliam Starwild, *Maudite*
Riccardo Pozzi, *Nel centro della pianura*
Alberto Costantini, *L'ultima amazzone*
Alice Cesarini, *Ludwig*
Irene Rossi, *Delitti imperfetti*
Eugenio Mealli, *Nemico globale*
Mauro Acquaroni, *Morte presunta di un notaio*
Daniele Vazquez, *Tutti i bravi bambini vanno in paradiso*
Luigi Schifitto, *Una persona scorretta*
Fausto Bertolini, *Il giallo del giallo*
Laura Medei, *La goccia*
Alberto Costantini, *Oltre l'ultimo limes*
Michela Guindani, *La casa che respirava ancora*
Paola Sbardaba Ferrari, *Il casolare sull'aia*
Ana Danca, *I cinque punti cardinali*
Alessio Bussi, *L'ordine*
Corrado Grossi, *Mai più nessuno come noi*
Cornelia Campidelli, *Lettere da un'anima*
Barbara Perini, *L'amore è la via*
Lorena Marenzi, *Prima o poi un libro lo scrivo*
Alberto Costantini, *Attila, il Principe delle Lucertole*
Giorgio Montanari, *La ragazza che parlava alle api*
Angelo Lamberti, *I laghi di Mantova*
Marco Minicangeli, *Le ali di cera*
Luigi Guicciardi, *Tre storie di sangue - La nuova indagine del commissario Laudani*
Silvia Peroni, *Uomini smarriti*
Angel Luìs Galzerano, *Isole comprese*
Elena Bertocchi, *Fidati di me*
Simone Bonomelli, *Nelle terre dei risorti*

Fausto Bertolini, *Il giocoliere e la rosa – Vita erotica di Gabriele D'Annunzio*

Alberto Costantini, *Le quattro morti di Postumia Sabina*

Anna Zucchi, *Un freezer pieno di colli di tacchino*

Elisabetta Baraldi, *Le stagioni di Teresa*

Enzo Riccò, *Il dodicesimo padre*

Paola Sbarbada Ferrari, *L'oblio nei tuoi occhi*

Ruco Magnoli, *Sharon ispeziona*

Ruco Magnoli, *Sharon soccorre*

Ruco Magnoli, *Sharon europeizza*

Ruco Magnoli, *Sharon riposa*

Ruco Magnoli, *Sharon evoca*

Ruco Magnoli, *Sharon filosofeggia*

Ruco Magnoli, *Sharon parcheggia*

Alessandro Martellini, *La vela bianca*

Luca Gambardella, *Segni particolari: tatuaggio con una stella a 5 punte sul polso sinistro*

Elena Bertocchi, *Il dolce profumo della pioggia*

Marzio Zaini, *Non c'è più casa per Jan*

Paolo M. Durante, *Tornanti*

Emanuela Rastrelli, *Sulla rotta della Queen's Anne Revenge*

Mariangela Biffarella, *La figlia della luna piena*

Nicole Sabatini, *Lo sguardo nudo*

Elvira Onorato, *Infinitamente di più*

Roberto Zaupa, *The Wall Streeter*

Mauro Acquaroni, *2040*

Enrico Beretta, *Conrad l'infame*

Gloria Vana, *La scelta*

Marisa Gianotti, *Venezia, Zanetta e putte di choro*

Matteo Felici, *Ronin*

Luciano Ballerini, *Un pugno in più*

Christian Monti, *Delitti d'arte – Il secondo caso dell'ispettore Baroni*

Sfoglia il nostro **catalogo completo**

inquadrando con il tuo **cellulare**
il **Qr-code** riportato qui sotto

Buona lettura

da **Gilgamesh Edizioni**

www.ingramcontent.com/pod-product-compliance
Lightning Source LLC
LaVergne TN
LVHW041502170726
843492LV00005B/1344